長編小説

嫁と回春スローライフ

霧原一輝

JN047507

竹書房文庫

目次

※この作品は竹書房文庫のために
書き下ろされたものです。

第一章　嫁の秘密を覗いて

1

仁村耕一《にむらこういち》は居間の掘炬燵《ほりごたつ》式テーブルに足を入れ、ほっと一息をつく。

今日は亡き妻の三回忌だった。ちょうどお盆の時期で、その法事もとどこおりなく終わって、親戚が帰っていったところだ。

妻が亡くなって、丸二年が経過していた。

「お義父《とう》さま、お酒になさいますか？　それとも、お茶になさいますか？」

息子の嫁の祐美子《ゆみこ》が気をつかってくれる。

三回忌に出たときの黒のワンピースを着て、しているかどうか定かでない薄化粧をしている。ほとんどスッピンでも、いつも以上に清楚できれいだ。

女性は喪服姿だと、不思議に色っぽく見えてしまう。

「ああ、お茶でいいよ。すまないね」

「いいんですよ」

祐美子がキッチンに向かい、息子の靖之《やすゆき》がテーブルの隣に足を入れた。

「オヤジももう六十五歳だし、無理するなよ。あそこの離れ、ひとりで作ってるんだって？」

「ああ、まあな……」

耕一は信州にあるこのM村で、長い間、山の木を伐採《ばっさい》する仕事をしていた。が、二年前に妻が亡くなり、周囲の勧めもあって、危険のともなう林業をやめた。

が、昔から大工仕事が好きで、家のちょっとしたものはだいたい自分で作ってきた。仕事を辞めたら、手持ち無沙汰になって、一年ほど前からひとりで離れを建てはじめた。他に、畑で野菜を作り、自分の山でシイタケの原木《げんぼく》栽培をしている。

そうやって自分を忙しくしていかないと、時間を持て余してしまう。一日の二十四時間は今の耕一にはいささか長すぎる。

「今更、離れなんて作ってどうするんだよ？　こんなひろい家があるのに」

靖之が当然の疑問を口にした。

「露天風呂を作ろうと思ってな。田舎《いなか》の景色を見ながら、お湯につかるのも悪くはないだろ？　それに、お前らが帰郷したとき、ゆっくりと露天風呂に入れるしな」

「露天風呂ね……絶景を見られるなら別だけど、この山里の景色じゃな」

靖之が嘲笑《あざわら》うように言う。

靖之は田舎が嫌いらしい。高校までずっとこの地域の学校に通っていたから、田舎暮らしに飽きているのだろう。田舎がいやで、東京の大学に進学し、そのまま東京で広告代理店に就職した。

ひとりっ子で甘やかして育ててしまった。そのせいか、とにかく我《わ》が儘《まま》である。都会が大好きらしく、そういう意味では広告代理店に就職できたのはよかった。

「……仕事のほうはどうなんだ？」

「まあ順調にやってるよ。仕事が仕事なだけに、面倒なことが多いけどね」

靖之は三十五歳で、今が脂《あぶら》の乗り切った時期らしく、企画を出し、実際の制作にも関わっていて、忙しい毎日を送っているらしい。

「……祐美子さんとは大丈夫なのか？」

「どういうことだよ？」

「いや、お前が忙しいうえに、我が儘だから。祐美子さんも大変だろうと思ってな」

「大丈夫だよ。心配ご無用」

「それなら、いいんだが……」

二人は社内恋愛で、ゴールインした。

顔合わせで初めて祐美子を紹介されたときは、清廉《せいれん》な美人なので、びっくりした。

とくにはにかんだときの笑顔が愛らしかった。

教会の挙式で、裾《すそ》のひろがった白いウエディングドレス姿の祐美子を見たときには、そのあまりの美しさに、耕一までもドキドキしてしまい、この息子の嫁を誇りに思い、自慢したくなった。

今もその気持ちは変わらず、露天風呂を作るのも、祐美子に気に入ってもらって、なるべく多く帰郷してもらいたいからだ。

その祐美子がお茶を運んできた。

ウエーブヘアを後ろでシニヨンにまとめ、半袖《はんそで》の黒のワンピースに真珠《しんじゅ》のネックレスをつけている。

ただ清楚なだけではなく、二十九歳を迎えた女の色香も、大きな胸や尻にただよわせている。親族の男どもが、祐美子を見て目を細めていたのもわからないではない。

祐美子が淹《い》れたばかりのお茶をそれぞれの席の前に置き、耕一の正面の席に座った。

「いいんだよ、正座しなくて。足をなかに入れて。読経の間、ずっと正座していて、足が痺れただろう？」

耕一が言うと、

「では、お言葉に甘えさせていただいて……」

祐美子が今は電源を切っている掘炬燵のなかに足を入れ、ちらりと上目づかいに耕一を見た。そのはにかんだ表情に、ドキッとしてしまう。

「このへんは冬は寒いけど、夏は過ごしやすいだろ？」

胸の高鳴りを抑えて、祐美子に話しかける。

「ええ……空気が全然違います。東京は蒸し暑くて、夏にはエアコンなしでは過ごせません。ここは、エアコンは必要ないですものね」

「そういうこと……扇風機で充分だ。祐美子さんももっとここに来たらいい。いい避暑地になる。お前もな」

耕一は、靖之にも勧める。

「どうだろうな？　俺の仕事には夏休みはないからな。祐美子がひとりで来ればいいさ。涼みながら、オヤジの作った風呂に入るのも悪くはないんじゃないか？」

靖之が言って、祐美子が複雑な笑みを口許《くちもと》に浮かべた。

靖之は高給取りのせいか、亭主関白である。時々、祐美子が可哀相《かわいそう》だと思うくらいだ。会社では上司と部下だったというから、その関係が今もつづいているのだろう。

「お義父さま、すごいですね。露天風呂まで作ってしまわれるなんて」

祐美子が窓から建築中の離れを見て、目を細めた。

「風呂ができたら、祐美子さん、入ってくださいよ。あと離れができたら、二人で帰郷したときに、気兼ねなく泊まれるだろ？」

「……お義父さま、わたしたちのために離れを作ってくださってるんですか？」

祐美子がアーモンド形の目をびっくりしたように見開いた。

「まあ、いいじゃないか」

照れくさくなって誤魔化《ごまか》していると、スマホの着信音が響いて、

「俺だ……」

靖之がスマホを耳に当てて、席を立った。

(何だろう？)

耕一が何気なく祐美子を見ると、その顔がわずかに険しく変わっていた。

(何か、思い当たる節があるのだろうか？)

しばらくすると、靖之が戻ってきた。

「オヤジ、悪い。仕事のトラブルで帰らないと……」

「えっ、今すぐなのか？」

「ああ……今、関わっているテレビCMでクライアントから急にクレームが入ったらしくて……俺じゃないと、どうにもならないんだ。悪いな……法事は終わったから、もういいだろ？　祐美子、手伝ってくれ」

靖之とともに祐美子が二階の部屋へと慌ただしくあがっていく。

（どうしようもない職業だな。せっかく帰省したのに！）

若干、苛立《いらだ》ちを覚えながらも、まあ、それも靖之が責任のある仕事を任されているのだからと、自分を納得させた。

（今日、採《と》ったばかりのトマトやキュウリがあるな。あれをミヤゲに持っていかせたい。靖之は車で来ているが、もしかしたら、直接仕事場のほうに向かうのかもしれない。それなら、邪魔になるな……でも、もし持たせるなら今から用意しなくては……）

耕一はそのへんを訊《き》きたくて、階段を二階へとあがった。

二人がいる部屋に向かって廊下を歩いていくと、なかから言い争うような声が聞こえてきた。

「わたしも帰ります！」

祐美子の声だ。

「いいよ、帰らなくても……三泊四日の予定で来ているんだから、お前はここにいろよ」

「……そんなこと言って。わたしがいない間に、彼女と過ごすつもりでしょ？　まだつきあっているんでしょ、宝生朱里《ほうしようあかり》さんと」

「……今回は違うから。ほんとうに仕事だから。信用しろよ……祐美子はオヤジと過ごしてくれ。愉《たの》しみにしているんだから。なっ、オヤジの気持ちを考えてくれ」

それ以降、二人の会話は途絶えた。

(靖之には他に女がいるのか？　ホウショウ何とかと言ってたな。祐美子さんは不倫に気づいていて、それで、ひとりで帰すのが心配なんだろうな)

耕一は知りたくないことを知ったような気がする。

オミヤゲのことなどどうでもよくなって、その場を離れた。

しばらくすると、着替えた靖之は祐美子と降りてきて、乗ってきた車に自分の荷物を積んでいる。

耕一は見送りに出て、祐美子の耳元で言った。

「祐美子さんは帰らなくていいのか？」

「ええ……帰りません」

祐美子がきっぱりと言った。

すぐに、靖之の運転する車がひろい庭から土煙を立てて、出ていった。

2

その夜、祐美子はキッチンに立って、酒のツマミと夕食を作っていた。

かつて亡妻が使っていたブルーの胸当てエプロンをつけて、手際よく料理をする祐美子は、とても家庭的な雰囲気をかもしだしている。

靖之の浮気を知ってしまったがゆえに、祐美子がとてもけなげで可哀相で、その後ろ姿が胸に沁みた。

台所の隣にある和室の居間で、祐美子にお酌《しゃく》をしてもらい、酒の肴《さかな》を口に運んだ。

以前から感じていたが、祐美子は料理が達者だった。

ここで採れたばかりの香味あふれる野菜を上手《うま》く取り入れて、酒のツマミもほんとうに美味《おい》しい。

耕一も祐美子に酒を勧めて、

「今日は妻の三回忌を手伝ってくれてありがとう。ぐっといってください」

地元の日本酒を陶器のぐい呑みに注ぐ。

「ありがとうございます。では、いただきます」

祐美子はぐい呑みを傾けて、一気に半分ほども呑んだ。

「やっぱり、祐美子さんは酒に強いね」

「いえ……すみません。ここの地酒が美味しくて、ついつい呑んでしまうんです。淡麗でありながら、甘さもあり、舌に残る感じがとても爽やかで美味しいです」

祐美子がにっこりする。

自分が興味を惹《ひ》かれるものには、饒舌《じょうぜつ》になる。やはり、広告代理店に勤めていたくらいだから、自分の意見はしっかり持っているのだろう。

柔らかくウエーブした髪が肩に散っている。目鼻立ちはくっきりしているが、美人であることを恥じるかのようにうつむきがちなことが多い。だが、笑うと真っ白な歯がこぼれ、笑窪《えくぼ》ができて、かわいい。

祐美子は喪服から、ノースリーブのブラウスとセミフレアのスカートに着替えていた。白いブラウスからは柔らかそうな長い腕が出て、少し汗をかいているせいか、ブラジャーのストラップやカップの模様も透けている。

まるで、昭和の時代の手足の長い、清純派スター女優のようだ。

こんないい女が妻でありながら、他の女に手を出す息子の気持ちがまったくわからない。

妻の三回忌にこんなことを考えるのは不謹慎だが、もし自分が祐美子の夫だったら、一生守りとおしてやるのに、と思う。

「お義父さまは、家ばかりか、露天風呂までお作りになるんですね。心から尊敬します」

祐美子が言った。

「昔、林業をやっているときには、製材もしていたから。若い頃には大工もしていたから、だいたいのものは作れるよ。今は野菜の他に、シイタケの原木栽培もしているしね。シイタケは春と秋に二度採れるからね……」

お酒で耕一の口は軽くなっていた。かつての苦労話を語ったりもした。もう何度も話しているような気がするが、祐美子は相槌《あいづち》を打ち、じっくりと聞いてくれる。

酔いがまわってきたのか、色白の肌のところどころが仄《ほの》かに桜色に色づき、ブラウスの襟《えり》からのぞく胸元もピンクに染まっている。

色白の女が酔って、肌が赤くなる姿は、ほんとうに色っぽい。

妻とどうやって知り合って、結婚したかという話を終えたとき、祐美子がしんみりと言った。

「そんなに素晴らしい奥さまを亡くして、お寂しいでしょうね」

「……しょうがないよ。思っていた以上に早く逝《い》ったから、最初はなかなか現実を受け入れられなかったけどね」

「ひろい家におひとりでは、お寂しくはないですか?」

「……そりゃあね。でも、しょうがない。事実は事実として受け入れないと……今はもう、ひとり暮らしに慣れてきたよ」

耕一は見栄を張った。寂しいに決まっている。

「離れと露天風呂ができたら、好きなときにいらっしゃい。歓迎するよ」

「はい……そうします。愉しみだわ」

祐美子がにっこりした。

だが、こういう話をしていると、さっき耳にしたことが気になった。

酔いに任せて、思い切って訊いてみた。

「……ところで、さっき、聞くつもりはなかったんだけど、聞こえてしまってね。靖之には女がいるのか?」

祐美子が息を呑んだ。表情が見る間に険しいものになった。

「さっき、あなたは息子にホウショウ何とかいう女とまだつきあっているのか、と訊いていた。靖之には、女がいるんだね？」

祐美子はきゅっと唇を嚙《か》んで、話そうとしない。

「あなたの気持ちもわかるが、父親としてそのへんのことはしっかりと聞いておきたいんだ。むしろ、あなたが黙っているほうが逆に気になってしまう。話してもらえないか？　大丈夫だ。だからといって、どうこうするつもりはないから。お願いだ。話してくれ。頼む」

耕一は頭をさげた。

「お義父さま、わかりましたから、頭をおあげください」

祐美子が言って、ぽつりぽつりと話しはじめた。

それによると、相手の女性は宝生朱里と言って、二十五歳のモデルだという。

靖之がある会社の宣伝ポスターを作ったときに、その朱里をモデルに使った。

宝生朱里はまだ売れないモデルで、面接で気に入った靖之が彼女を食事に誘い、その後、ホテルでベッドインし、その結果、ポスターのモデルとして起用することが決まった。

結果的には枕営業のようなものだが、靖之はその彼女の明るいキャラクターと、奔放なセックスの虜《とりこ》になって、頻繁に二人で逢うようになった。

その見返りとして、靖之は今も朱里を時々モデルとして使っているらしい。

「ほんとうなのか？」

耕一が問い質《ただ》すと、

「ええ……事実のようです。本人も認めていますから」

祐美子が悔しそうに唇を噛んだ。

「それで、あなたがここにいる間に、靖之がそのモデルと逢うんじゃないかって心配なんだな？」

「ええ……すみません。こんな恥ずかしいことで、お義父さまに気をつかわせてしまって」

祐美子がうつむいた。握った手がぶるぶると震えているから、心から靖之の浮気を悔しいと思っているのだろう。

「申し訳ない。俺がひとりっ子だからといって、靖之を甘やかして育てたものだから。申し訳ない」

耕一は心から謝罪して、頭をさげた。

「お義父さま、やめてください……わたしにも原因があるんです」

祐美子がまた強く唇を嚙んだ。

「あなたにも……？」

「はい……。恥をさらすようですが、酔っているから告白します。じつは、わたし……」

祐美子がいったん顔をあげ、伏せて言った。

「……セックスでイケないんです。靖之さんだけではなくて、その前からそうでした。ひとりならイケるんですけど……だから、靖之さんもきっと物足りないんだと思います」

耕一はその言葉を夢のなかで聞いているように感じた。

（セックスでイケない。ひとりならイケるのに。それが、靖之には物足りない……）

頭のなかで、反芻《はんすう》した。まさか、息子の美しい嫁から、こんな告白を聞くとは思わなかった。

（そんな夫婦の秘密を、いくら義父だとはいえ、喋ってはいけない……）

そういう思いと同時に、

（イケないのか……そうか、イケないのか……）

どうしても、祐美子と耕一の夜の営みが頭に浮かんできてしまう。

どう答えていいのかわからず、押し黙っていると、その困惑の気配を察したのだろう。

「すみません。バカなことを話してしまって……お風呂を沸かしてきます」

祐美子がすっと立ちあがって、居間を出ていく。

しばらくの間、耕一はショックに打ちのめされて、呆然としていた。

3

深夜、耕一はなかなか寝つけなくて、布団の上を輾転《てんてん》としていた。

『セックスでイケない』

という祐美子の言葉が脳裏によみがえってきて、どうしても、祐美子が閨《ねや》の床で靖之とからみあっている姿が頭に浮かんでしまう。

耕一も多くの女性を抱いたわけではないが、その半数くらいが、オナニーではイケるのに、男を相手にするとイケないらしかった。

もちろん、耕一のテクニックが未熟だという原因もあっただろう。だが、それだけではないような気もする。

　それに、耕一にはそもそも女性が気を遣《や》るということ自体がよくわからない。男の絶頂は簡単で、射精するということだ。だが、女には射精がないから、どうもはっきりとしない。

　もちろん、昇りつめたときの女性の反応は体験している。それは、こちらがびっくりするほどにすさまじいもので、痙攣《けいれん》しながら果てる。

（あのすさまじいオルガスムスを祐美子さんは、男相手では体験していないのだな）

　おそらく、クリトリスではイケるのに、膣《ちつ》ではイケないのだろう。

　中イキできないのは、女性にとってはコンプレックスだろう。それで、祐美子は自分にも責任があると言ったのだ。

　そういえば、亡妻の佳代子《かよこ》も結婚してしばらくは、中イキできなかった。しかし、三十過ぎて、耕一のペニスで突かれて気を遣るようになった。

（ということは、祐美子さんもまだまだこれから、膣でイケるようになるのではないか？　そう数多くの男性と経験があるようには見えないから、上手い男と出逢ったら、中イキできるようになるんじゃないか？　靖之はどうなんだろう？　他に女を作るくらいだから、それなりに達者ではないかと思うのだが……）

そんなことを堂々巡りで考えているうちに、小便がしたくなって、部屋を出た。

五十年前、父の代に改築したこの家は、和室が多く、かなり古くはなっているものの、広大な敷地に応じて作ってあるから、建坪もひろく、二階にも五部屋ある。

両親はすでに鬼籍に入っているが、老後のためにと二階にもトイレがあって、それが今は重宝している。

二階の角部屋の和室には、祐美子が眠っているはずだ。

起こさないように足音を忍ばせて、トイレに入り、最近、尿切れの悪くなったオシッコを充分に切って、トイレを出た。

自室に戻ろうとしたとき、角部屋から、

「んっ……んっ……ぁあああうぅぅ」

女の声がかすかに聞こえてきた。

祐美子の声だ。これは女が感じているときに洩《も》らす喘ぎだ。

(………！)

足が止まった。

(こんなことをしてはいけない……！)

自分を責めつつも、抜き足差し足で、角部屋の扉に耳をつけた。

聞こえる。

祐美子の哀切な喘ぎが、波のように高くなり、低くなる。

女の喘ぎ声を聞くのは、いつ以来だろう。思い出せないほどだ。

しかも、これは息子の嫁がオナニーをするときに洩らす声なのだ。

昂奮《こうふん》で体がぶるぶるぶると震えてきた。

一瞬にして、股間のものが硬くなり、浴衣《ゆかた》の前を押しあげる。

（そうだ……ここは二間つづきの和室だから……）

もちろん、息子の嫁が自分を慰める姿を覗くなど、義父失格である。だが、今夜、性の悩みを打ち明けられていたがゆえに、自分を抑制できなかった。

耕一はそっと足音を忍ばせて、隣室に入った。

和室で隣室との境には襖《ふすま》が立ててある。が、その上は欄間《らんま》になっていて、その隙間から覗けるはずだ。

今は物置と化している部屋には、幾つかの丸椅子が重ねて置いてあった。

いちばん上の丸椅子を音を立てないように抜いて、それを襖の前に置いた。

落ちないように、静かに椅子の座面にあがった。

唐草模様の透かし彫りの欄間から、おずおずと顔をのぞかせた。

（……！）

和風の枕明かりがぼんやりと照らす室内に、祐美子の尻が白々と浮かびあがっていた。

（これは……何をしているんだ？）

白に青竹の模様の浴衣を着た祐美子が、胎児のように横になって、丸くなり、足の間に枕を挟んでいた。

浴衣の裾がまくりあげられて、むっちりとした豊かな尻が、くなくなと前後に動いている。

（そうか……あそこを枕に擦りつけているんだな）

枕明かりを受けた尻が仄白い光沢を帯びている。その尻が卑猥に揺れて、太腿《ふともも》の奥を枕に擦りつけながら、

「あっ……あっ……あああああうぅ……」

祐美子はもうひとつの枕を抱き枕のように使って、両手で抱きしめている。

浴衣の前がはだけて、たわわな白い乳房が枕にくっついていた。

そして、祐美子は足で挟んだ枕に、ぐいぐいと下腹部を押しつけては、

「ああ、欲しい……」

顔をのけぞらせて、物欲しげに呟《つぶや》く。

柔らかくウエーブした髪が散って、ととのった顔が半ば隠れていた。

祐美子は今夜、靖之に抱かれるつもりだったのだろう。それが、急な仕事が入って、靖之だけ東京に帰ってしまった。しかも、靖之はその宝生朱里とかいうモデルと浮気をしている可能性だってあるのだ。

いろいろな要素が、祐美子をかきたてて、こういう行為に向かわせているのだ。たまらなかった。

下腹部のイチモツが尋常でなく力を漲《みなぎ》らせて、ドクドクッと脈打っている。最近はもっぱら排尿器官に堕《だ》していた分身が、今は信じられないほどの角度でいきりたっている。

落ちないように欄間にしがみつきながら、右手でそこをさぐった。

熱く脈動するイチモツを握りしめると、それだけで信じられないほどの快感が走った。

と、祐美子は枕を放し、仰向《あおむ》けになった。

上を向いたので、見つかるのではと思い、とっさに顔を引っ込めた。

「あああ、あああ……はっ、はっ……あうぅぅ」

一段と喘ぎが大きくなって、耕一はまたおずおずと欄間から顔を出す。

祐美子は浴衣をもろ肌脱ぎにして、裾も大きくはだけていた。

ハッとするほどにたわわで、形のいい乳房だ。そして、祐美子は左手で大きな乳房をぐっとつかみ、右手で翳《かげ》りの底をいじっている。

右手の指を口に持っていって舐《な》め、湿らせた指でクリトリスらしいところをくるくるとまわすようにいじって、

「ぁあああ、いいのぉ……」

顔をのけぞらせた。

祐美子は目を閉じているから、まず見つかることはないだろう。

耕一は右手で勃起を握り、時々、しごきながら、じっくりとその痴態を鑑賞する。

これはいけないことだという道徳心はどこかに飛んで、ただただ見とれた。

祐美子の長い中指が翳りの底に消えていくのが見えた。

そして、祐美子は足をあからさまにひろげ、あらわになった陰部に中指を抜き差ししながら、なかを擦り、

「ああああ、あうぅぅ……」

顔を大きくのけぞらせ、たわわな乳房の形が変わるほどに、ぎゅうと鷲《わし》づかむ。

乳房が変形して、中心がせりだし、濃いピンクの乳首がぬめ光りながら、突き出しているのがわかった。

それから、祐美子は乳首をいじりだした。

明らかに尖《とが》っているとわかる突起を指で挟んで、くりくりと転がし、人差し指で乳首のトップをこちょこちょといじった。

「ぁあああん……」

祐美子はそれが感じるのか、大きく顔をのけぞらせ、同時に下腹部をぐぐっと持ちあげる。

ブリッジするように背中を浮かせ、太腿を緊張させながら、なかに中指を激しく叩き込んでいる。

耳を澄ますと、ぐちゅぐちゅと激しい粘着音がリズミカルに聞こえた。

それほどに、祐美子はあそこを濡らしているのだ。その淫靡《いんび》な音を耳にすると、ますますイチモツが力を漲らせた。

祐美子はそこで指を抜き、自ら全身を撫でさすった。

二つの手で乳房や脇腹、太腿をさすり、さらには、右手の指を二本咥《くわ》えて、抜き差しをしながら、自分も指に舌をからみつかせる。

（ああ、これはフェラチオの真似だな）

きっと、男の逞《たくま》しいイチモツをしゃぶりたいのだろう。

祐美子は指を頬張りながら、もう片方の手指で翳りの底をいじっている。

クリトリスをまわし揉みし、指先でノックするようにかるく連続して叩き、

「んんっ……んんんっ……んんんんんっ！」

指をしゃぶったまま くぐもった声を洩らし、足で布団を蹴るように擦る。白いシーツが皺《しわ》になり、足の親指がぎゅうと反り、逆に内側によじり込まれる。

（おおぅ、エロすぎる！）

耕一はこんな激しくいやらしい女のオナニーを見たことがない。しかも、それをしているのは、普段は大人しく、やさしげな息子の嫁なのだ。

（これをしゃぶってほしい！）

耕一はいきりたつものを握って、しごいた。

かるく擦るだけで、快美の電流が走り、脳味噌がグズグズになるような陶酔がひろがってくる。

もう少しで射精というところで、祐美子が身体の向きを変えた。

シーツに四つん這いになって、こちらに向かって、ぐいと尻を突き出してくる。

耕一のことは気づいていないだろう。枕が向こうにあるから、言えば当然、この向きになる。

浴衣がまくれあがって、真っ白なヒップが耕一に向かっている。

ウエストがほどよくくびれているせいで、逆ハート形の尻の豊かさがいっそう強調されていた。

そして、祐美子はぐっと肩を入れて、右手を腹のほうから潜らせて、割れ目をなぞりはじめた。

おそらくクリトリスをいじっているのだろう。小刻みに指を動かし、さらには、全体で花園をさすり、それから、中指を突き立てた。

「ああああ、くっ……あああああ、いい……いい……」

祐美子は小声で喘ぎながら、中指を出し入れする。

その動きが徐々に激しいものに変わり、

「ああああ、もう……」

祐美子は上体を低くし、尻だけを高々と持ちあげた姿勢で、

「あっ……あっ……」

感極まったような声を洩らす。

上から覗いているせいか、挿入部分をはっきりと見ることはできない。しかし、中指に薬指を加えて、二本の指を抜き差ししている様子はわかる。

（おおぅ、祐美子さん！）

耕一がいっそう熱さと硬さを増してきたイチモツをぎゅっ、ぎゅっとしごくと、周りの世界がすーっと遠ざかり、自分の欲望だけが残った。

昂奮で視野の狭くなった視界に、祐美子が膣に指を打ち込みながら、クリトリスを親指でくりくりと転がしている姿が飛び込んできた。

そうか、やはり、クリトリスでないとイケないのだろうな……。

「あう、あうぅ、あうぅぅ……！」

祐美子の喘ぎが獣染《けものじ》みたものに変わっていた。さっきより、ずっと低く、吼《ほ》えているようだ。

その日頃の淑《しと》やかな祐美子からはおよそ想像できない低いところからうねりあがるような喘ぎが、たまらなかった。

（そうか……これが、祐美子さんの夜の顔なんだな）

祐美子は前に突っ伏していき、枕を腹の下に置いた。そうやって、少し尻を持ちあげた姿勢で、今度は背中のほうから手をまわして、二本指で激しくピストンし、クリトリスをまわし揉みする。

「あうぅ、あうぅぅ……」

再び獣染みた声を放ち、

「いや、いや、いや……」

さかんに首を横に振り、顔を横向けて、皺が寄るほどシーツをつかんだ。

尻がぐぐっと持ちあがってきた。

「……イクぅぅぅぅ……！」

低く呻《うめ》き、汗ばんだ尻をさらにせりあげたその姿勢で、がくん、がくんと躍りあがった。

それから、横を向いて、はあはあはと息を切らしている。

その姿を見て、ひと擦りしたとき、耕一も放っていた。

「うあっ……！」

と、声が洩れてしまった。

(聞こえたんじゃないか……？)

一瞬そう感じたが、ひさしぶりの射精の快楽が理性を押し流していく。

熱い男液の迸《ほとばし》りを浴衣で受けた。

手指が温かい液にまみれ、浴衣の前にも白濁液がかかった。

放出が終わり、おずおずと目を開けたとき、横臥《おうが》していた祐美子がこちらを見ているような気がして、あわてて顔を引っ込めた。

(目が合ったような気がする。見られたんじゃないか!)

耕一はしばらくの間、息を潜め、じっと動かずにいた。

部屋の境には襖が立ててあるだけだから、今、襖を開けられたら見つかってしまう。

(そうなったら……!)

耕一は生きた心地がしなかった。

だが、人の動く気配はなく、シーンと静まり返っている。

(俺のことは見ていなかった。そうだ、さっき目が合ったような気がしたのは、気のせいだ)

耕一はしばらくそのままじっとしていた。すると、祐美子の寝息のような音が聞こえてきて、そこでようやく椅子を降り、静かに部屋を出た。

第二章　夢のような禁忌《きんき》の夜

1

朝、耕一はダイニングテーブルで朝食を摂《と》っていた。

目の前では、祐美子が自分の作った和食を物静かに食べている。

朝の挨拶をしたとき、はにかむような表情をしたので、やはり、覗き見を知っているのかと不安になった。だが、それから祐美子は普段と変わらず、むしろ、明るく振る舞っている。

『わたしがいるときは、食事を作りますね』

と、朝食を手際よく作ってくれたから、おそらく気づいてはいないのだろうと思った。

豆腐と油揚げとワカメとネギの味噌汁を啜《すす》る祐美子は、いつものように清楚で淑やかだ。

(これが、昨夜、あんなに激しくオナニーしていた女と同一人物なのか?)

そう思わずにはいられない。

「どうかなさいましたか?」

祐美子がふいに訊いてきた。

「いや……やはり、朝食を他の人に作ってもらうと、楽だなと思ってね」

「……大変ですね。三食、ご自分で作るのは……」

祐美子が心配そうに眉をひそめた。

「だけど、あれだろ? 女の人は奥さんになると、毎日三食作るんだから……祐美子さんもそうなんだろ?」

「……ええ……でも、靖之さん、夜は外食が多いから、一人分作ればいいですから、残り物に手を加えて、ちゃちゃっと作ってしまいます」

祐美子は明るく言っているが、内心では、そのことに寂しさを覚えているだろうことは容易に想像できた。

明るく振る舞ってはいるが、今日だって、靖之があのモデルに逢うのではと内心の不安を押し隠しているのだ。

　そんな祐美子の気持ちを少しでも和《やわ》らげてあげたい。

「どうだ、これから、野菜でも採りに行くか？　トマトやキュウリ、ナスとか今、採り頃だから」

「ああ、いいですね。そうさせてください」

「日に焼けるぞ」

「大丈夫です。麦わら帽をかぶっていきますから」

「じゃあ、そうしようか」

　祐美子の表情が作り笑顔ではなく、本心からのやさしい笑顔に変わった。

　前から気づいていたが、祐美子は大自然が好きだ。草花や山にも興味があるから、農業もやってみれば、きっと好きになるだろう。

　田舎の嫌いな靖之には、もったいないほどの嫁だ。

　この自然の豊かな地で、自分とともに野菜を収穫し、シイタケの原木栽培をして、田舎のスローライフを味わえば、きっともっと明るくなるだろう。

（この人は息子の嫁ではなく、俺の嫁になるべきだった）

　そう思いつつ、朝食を終えた。

暑くならないうちにと、せかすと、しばらくして、祐美子が二階から降りてきた。髪を後ろで引っ詰めにし、白い長袖のブラウスを着て、短めの丈《たけ》のスラックスを穿いていた。

(ほう、かわいいな……)

耕一は麦わら帽と軍手を渡し、足元が汚れないように、以前に妻が使っていた黒の長靴を貸す。少し大きすぎて、なかで足が動くようだが、仕方がない。

都会の若妻が田舎に来て、慣れない農作業をするという雰囲気だった。そして、それがとても新鮮でもあった。

歩いて十分の自分の畑へ二人で行き、そこで、祐美子に採り方を教える。

「すごいですね、このトマト。大きくて、真っ赤だわ。採っていいですか?」

祐美子が顔をほころばせる。

「ああ、それはとくにデカいな」

「ほんと!」

祐美子は嬉々《きき》として、熟れたトマトをもいで、籠《かご》に入れる。

さらには、ナスやキュウリ、ピーマン、オクラといった夏野菜を収穫するうちに、祐美子は汗をかいたのか、さかんに額をタオルで拭《ぬぐ》う。

それでも、手を休めずにもぎつづけている。

何にでも一生懸命なのだと思った。

噴き出した汗で顔が光っていた。

ニラを採ろうとしゃがんだとき、白いブラウスの背中が汗で肌に張りつき、ブラジャーのストラップのラインがくっきりと透け出ていた。

そして、伸縮素材でできたフィットタイプのスラックスが張りつめて、丸々とした豊かなヒップの形が浮き彫りになっている。

耕一は昨夜、覗き見をして、はだけた浴衣からのぞく祐美子の裸身を見ている。そのせいもあるのか、農作業をする祐美子の姿にいっそうかきたてられてしまう。

黒い長靴は土で汚れ、額には汗がしたたりはじめ、その汗を祐美子はタオルで拭いながらも、一生懸命にニラを採っている。

その後ろ姿を見ていたとき、耕一はふいに祐美子を抱きしめたくなった。

（後ろから抱きついて、そのたわわな胸を揉みたい。この指でその柔らかな塊《かたまり》を実感したい）

股間のものが大きくなりかけている。

（ダメだ……この人は息子の嫁なのだから）

そう必死に自制して、言う。

「暑くなってきた。もう充分に採ったから、帰ろうか？」

「ああ、そうですね。すみません。夢中になってしまって……」

祐美子が立ちあがった。

額の汗を軍手の甲で拭いながら、耕一を見る。

その暑さで上気した、汗みずくの顔を見て、耕一はドキッとする。昨夜、オナニーに耽《ふけ》っていたときの上気した顔を思い出したのだ。

「……じゃあ、行こうか」

そんな気持ちを押し隠して言う。

耕一が収穫した野菜を一輪車に積んで、押しはじめると、すぐあとから、祐美子がついてくる。

家に着くと、庭の片隅にある建築中の離れと露天風呂を案内した。

十坪ほどの小さな離れで、二坪ほどの露天風呂である。

すでに基礎は終えていた。木材が剝《む》き出しになっているが、瓦屋根《かわらやね》は完成していた。

ここに床と壁を張って、岩風呂に温泉を引けば、素晴らしい離れができあがるはずだ。

この土地は温泉の湧出があり、すでに家の風呂には引いてあるから、それをこっちまで延ばせば、いつでも使用可能な露天風呂ができる。

「すごいわ。ほんとうにすごい……お義父《とう》さまは何でもおできになるんですね。お義父さまのような連れ合いを持った女の人は幸せだわ。ほんとうに、すごい！」

祐美子が感心したように瞳を輝かせるので、耕一も気分がいい。

「いつ来てもいいんだよ。好きなときに来て、都会の垢《あか》を洗い流せばいい」

「……はい。そうします」

祐美子が岩風呂の岩を撫でている。

「じゃあ、ちょっと休んでから、昼食にしようか。とりあえず、野菜を冷蔵庫に入れよう」

耕一が離れを出ると、祐美子もあとをついてきた。


昼食を終えて、祐美子は疲れが出たのだろう。

一階にあるひろい畳の部屋で、座布団を枕替わりにして、昼寝をしていた。

扇風機がまわっていて、微風が祐美子の背中にあたっている。

祐美子はゆとりのあるノースリーブのワンピースに着替えており、横臥して少し丸くなっているので、水色のワンピースの裾がめくれて、むっちりとした太腿の裏側と形のいいふくら脛《はぎ》が見えた。

目を閉じて安らかに眠っているその寝顔は、美人には違いないが、いつもより若く見えた。今もだが、子供の頃もメチャクチャにかわいかっただろう。

無防備に昼寝をしている祐美子を眺めていると、また後ろから抱きしめたくなった。

（ワンピースをこんもりと持ちあげた胸のふくらみに顔を埋《うず》めたい。裾をたくしあげて、太腿に頬擦りしたい……）

だが、それはしてはいけないことだ。相手は息子の嫁なのだから。

耕一は欲望を抑えて、押し入れから出したタオルケットをそっとかけてやった。


その夜、耕一は美味しいと評判の地元の小料理屋『千詠《ちえ》』に、祐美子を連れていった。

駅前にある小料理屋で、カウンター席とテーブルが二つのこぢんまりした店だ。

せっかくの休みに、祐美子に夕食を作る手間をかけさせたくなかった。それと、もうひとつ——。

耕一は、ここの女将《おかみ》である橋本《はしもと》千詠に、惹かれていた。

なるべく足繁く通って常連客になり、あわよくば美人女将をと邪心を抱いているもものの、今のところ、上手くいっていない。

この前などは酔いつぶれたフリをして、ひとり店に残ったものの、千詠に代行タクシーを呼ばれて、その肩につかまるくらいしかできなかった。

耕一が六十五歳で、千詠が四十二歳。随分と年下なのだが、千詠は包容力があるせいか、時々、自分のほうが年下のように思えてくるから不思議だ。

二人でカウンターに座ってすぐに、

「おきれいな方ね。耕ちゃんの若い恋人なの？」

千詠が二人を交互に見た。

イキな小紋の着物に帯を締め、髪をシニヨンに結った千詠は、いつもながら美しい。

これでシングルマザーなのだから、驚く。

「バカなことを言うなよ。息子の嫁の祐美子さんだよ。靖之が四年前に結婚した……三回忌で来てもらったんだ」

紹介すると、

「ああ、靖之さんの……あの子にしちゃ上出来だわね。こんなおきれいで、性格も良さそうな方をお嫁さんにもらって……千詠と言います。この小さな店のママをやらせてもらっています。はじめて十年になりますが、お蔭様でいまだに潰れずにやらせていただいております。よろしくね」

千詠が取って置きのスマイルを浮かべて語りかけると、

「祐美子です。こちらこそよろしくお願いします」

祐美子が頭をさげた。

「靖之さんは一緒じゃないの？」

「ああ、あいつは帰ってきたんだけど、仕事で急用ができたとかで、さっさと帰っていったよ。お盆休みの間、祐美子さんを預かることになってね……祐美子さんにも、この地方の美味しいものを食べさせてあげたくて、真っ先に浮かんだのが、ここだったんだ」

耕一は事情を説明する。

「あらっ、責任重大ね。うちは家庭料理ですけど、味は自信があるのよ。どうぞ、召し上がれ」

千詠がツキダシに、ミョウガのおひたしを出した。

それを口にした祐美子が、

「美味しい……！　香りが豊かで、お酢加減もちょうどいいです」

口許をほころばせたので、

「よかった……」

千詠がうれしそうな顔をした。

地酒を頼み、それを祐美子とともに呑みながら、千詠の作る地元の家庭料理を満喫した。こうしていると、息子の嫁という垣根を飛び越えてしまいそうな気がする。実際、途中からそういう意識はなくなりつつあった。

カウンターのなかから千詠が言った。

「何だか、二人は相性が良さそうね。耕ちゃん、ダメよ。祐美子さんはあんたの息子の女なんだからね。わかってるでしょうね？」

釘を刺されて、

「おいおい、バカを言うなよ。だいたい、嫁と舅《しゅうと》は仲がいいほうがいいだろうよ？」

耕一は焦って言う。

「冗談よ。ピーマンの肉詰めなんかどう？　お勧めよ」

千詠が言うので、耕一は訊いた。

「祐美子さんはそれでいい？」

「はい……美味しそうです！」

祐美子が瞳を輝かせた。

その夜は閉店間際までいて、二人は代行タクシーで帰った。

二人で代行タクシーのリアシートに座っていると、揺れで肩や二の腕が触れて、ドキッとしてしまう。

自分が結婚前に戻ったような気がして、胸も股間もざわついた。

2

いよいよ祐美子が帰京してしまうというその前日の夜――。

(明日はもう帰ってしまうんだな)

耕一は風呂につかって、物思いに耽っていた。

昨夜は『千詠』から帰って、酔っていたこともあって、そのまま眠ってしまった。

そして、今日は祐美子を山に連れていって、シイタケ栽培の現場を見せた。それからは、祐美子を疲れさせてもいけないと思い、ゆっくりと家で過ごした。

祐美子に夕食を作ってもらい、その後に風呂につかっているところだ。

(明日からまたひとりか……)

この数日が愉しかっただけに、明日からはきっと、寂しさが身に沁みるだろう。

（だけど、俺には祐美子さんが自分を指で慰めていたときの記憶がある。あれを思い出して、ひとりでするしかないな……いや、ダメだろう。相手は息子の嫁なんだから）

そんな風に悶々としていたとき、脱衣所に誰かが入ってくる気配があった。誰かと言っても、祐美子に決まっている。

（何だろう？）

お湯につかって、肩にお湯をかけていると、ドアが開いた。

ハッとして見ると、そこには、白いバスタオルを巻いただけの祐美子が立っていた。

「えっ……？」

「すみません。驚かせてしまって……最後の夜ですから、お背中を流させてください」

にっこりして、祐美子が洗い場に入ってきた。

「い、いいよ……申し訳ないよ」

そう遠慮の言葉をかけながらも、耕一の視線は祐美子に釘付けになってしまう。

髪を濡れないようにお団子に結っている。

バスタオルを持ちあげた胸のふくらみは立派で、乳房の谷間さえのぞいている。バスタオルで太腿の途中まで隠れているが、しゃがんだら、奥まで見えてしまいそうだ。

「お義父さまにはこの三日の間、ほんとうによくしていただいて……感謝の気持ちです。お背中、流しますね」

祐美子はバスタオルが落ちないように、胸のところを手でつかんで、カランの前にしゃがんだ。

「そのままじゃあ、いくら夏と言っても、風邪を引いてしまうよ。わかった。流してもらうよ。でも、その前に祐美子さんもお湯につかったらいい」

「でも寒くないから大丈夫です。お義父さま、出てください」

「そうか……じゃあ、お言葉に甘えて」

耕一は立ちあがり、股間を手で隠して、檜《ひのき》の浴槽を出た。

なるべく祐美子を見ないようにして、洗い椅子に腰かける。

正面にある鏡を見ると、自分の背後に祐美子が見え隠れしている。風呂桶《おけ》に洗い用のスポンジをひたし、そこに石鹸《せっけん》を塗りつけて泡立てている。

慎重に背中を洗いはじめた。

ぬらつくスポンジで上下左右に擦って、石鹸を塗り込んでくる。

「ありがとう、気持ちいいよ。疲れが取れていくようだよ」

感想を素直に口に出すと、祐美子が言った。

「お義父さまの背中、ひろいわ。筋肉もあって逞しい……やっぱり、木を切っていらしたからでしょうね」

「どうかな……それもあるだろうね」

「すごくなめらか……日に焼けていらっしゃるのに」

耕一は、タオルをかけた下腹部に力が漲ってくるのを感じて、前を見た。

少し曇った鏡には、自分の体の向こうで一生懸命に背中を流している祐美子の姿が映っている。

長くてしなやかな腕だ。

時々、バスタオルで隠れた乳房のふくらみと胸の谷間も見える。

祐美子はもう一度、石鹸を泡立て、前のほうを洗いはじめた。脇腹から、胸板へと腕を伸ばすようにして、スポンジで擦ってくれる。

何か、柔らかくて大きなものが背中に当たっている。

祐美子のオッパイだ。意識的にやっているのではもちろんなくて、ただ自然に胸が触れているのだろう。それでも昂奮する。

股間のものがぐっと漲って、それが頭を擡《もた》げて、タオルを持ちあげはじめた。

（これはマズい！）

耕一はとっさにそこを手で隠して、鏡を見た。

鏡のなかの祐美子が耕一を見て、言った。

「お義父さま、この前、見ていらっしゃいましたね？」

「えっ……な、何を？」

「わたしが……あの……ひとりでしているところです。欄間から、お義父さまの顔が見えました」

愕然とした。やはり、見つかっていたのだ。

きっとそれを悟られまいとして、祐美子は翌日も明るく振る舞っていたのだろう。

「申し訳ない。その……あなたの部屋から呻き声が聞こえたから、心配になって、ついつい隣から覗いてしまった……申し訳ない」

耕一は鏡のなかの祐美子に向かって、頭をさげた。

「謝られると、かえってわたしが困ります。頭をあげてください」

耕一はおずおずと顔をあげて、鏡のなかの祐美子を見た。

「わたしのほうがいけないんです……あの夜、すごく寂しくて、情けなくて……」

「……いいんだよ、気にしないで」

そう声をかけながらも、自分でも何を言っているのだろうと思った。

「あのこと、絶対に人には言わないでくださいね」

祐美子が小声で言う。

「もちろんだ！　言うわけがない」

「もう恥ずかしくて……お義父さまの顔を見るたびに思い出してしまって……」

そう言いながらも、祐美子は胸板をスポンジでまわすようになぞる。

それが臍《へそ》から下に向かっておりてきた。耕一は勃起を悟られまいとして、その手をつかんだ。

「これ以上はダメだ……」

「どうして、ですか？」

「……どうしてもだ」

「さっきから、大きくしていらっしゃいますものね」

鏡に映った祐美子の視線が、下に落ちた。

（そうか、勃起を悟られていたのか……）

今度は、耕一のほうが恥ずかしがる番だった。照れ隠しに言った。

「あとは自分で洗うから、あなたも湯船につかりなさい」

祐美子はソープまみれになった耕一の肌をシャワーで流してくれた。それから、

「お言葉に甘えさせていただきますね」とバスタオルを外し、一糸まとわぬ裸身になると、乳首と下腹部を手で隠して、そっと湯船をまたぐ。

耕一はお湯につかっている祐美子をなるべく見ないようにして、股間を洗った。

立てた足で隠しているが、それはギンといきりたっている。

あそこが力を漲らせるにつれて、それに引っ張られるように欲望も募ってくる。

祐美子が肩にお湯をかけながら、言った。

「最近は、靖之さんとベッドも別々なんですよ」

どう答えていいのか、わからなかった。

(祐美子さんは何を言おうとしているのだろう？　もしかして、だから、身体が寂しいと……俺に抱いてほしいと……いや、違うだろ？)

おずおずと、祐美子を見た。

湯けむりのなかでも、その横顔は凜《りん》として、やや上気した肌は見るからにすべすべできめ細かそうだ。

仄かに染まった豊かな乳房の、その上側のふくらみが湯面から出ていて、それを目にした瞬間、イチモツがびくっと頭を振った。

(ダメだ。このままでは……！)

耕一は立ちあがって、シャワーを浴び、

「先にあがらせてもらうよ。祐美子さんはゆっくりとお湯につかってから出ればいい」

浴室を出ようとしたとき、

「お義父さま！」

祐美子に呼び止められて、振り返る。

「今夜は、最後の夜ですね」

祐美子がこちらを見た。

「あ、ああ……明日はもう帰ってしまうんだろ？」

「ええ、だから、最後の夜……」

そう繰り返して、祐美子が立ちあがった。

目が眩《くら》んだ。

祐美子が生まれたままの姿で、湯船に立っている。

色白の肌が上気して、桜色に染まっていた。全体はスレンダーなのに、乳房はたわわで、しかも乳首がツンと勃《た》っている。ほどよくくびれたウエストから腰がぱんと張り出し、その中心にモズクのような黒い繊毛が張りつき、しずくが垂れていた。

目が離せなくなった。祐美子が言った。

「今夜、お待ちしています」

「えっ……？」

「……一昨日の夜のように、覗いてください」

祐美子がまっすぐに見つめてくる。

耕一は祐美子の言葉を頭のなかで繰り返しながら、ドアを閉め、脱衣所兼洗面所でバスタオルを使う。その手がぶるぶる震えている。寝間着用の浴衣を着終わっても、手の震えはおさまらなかった。

3

（そろそろ、祐美子さんも寝室に入った頃だろう。いいんだな、行くぞ）

二階の寝室にいた耕一は立ちあがって、部屋を出た。

廊下を歩き、祐美子の寝ている部屋のつづきの和室に入る。耳を澄ますと、

「あっ……あっ……」

祐美子のかすかな喘ぎが耳に届いた。

（いいんだ。祐美子さんが覗いてくださいと言っているんだから）

今回は少しくらい音を立ててもいいだろう。いや、むしろ、音を立てたほうが、自分が来たことが祐美子にもはっきりと伝わるはずだ。

丸椅子を運んで、襖の前に置き、慎重に座面に足をかけて、ヨイショとばかりに立った。

落ちないように気をつけながら、唐草模様の欄間から顔を出すと――。

布団に仰向けに寝た祐美子と、目が合った。

次の瞬間、祐美子は開いていた足を閉じ、横になって丸くなった。

(どうしたんだ？　誘ったものの、やっぱり恥ずかしくなったのか？)

そのまま覗きつづけていると、踏ん切りがついたのか、祐美子が仰向けになって、おずおずと足を開きはじめた。

白の地に竹の模様のついた浴衣を着ている。

やはり、恥ずかしいのだろう。枕に載せた顔をそむけている。膝を立てて、ゆっくりと少しずつ膝を開きながらも、ぎゅっと唇を嚙みしめている。

膝を立てているので、足がひろがるにつれて、浴衣の裾がはだけ、色白の太腿が徐々に奥まで見えてきた。

布団は襖に対して直角に敷かれているので、上からだが、真正面に祐美子を見ることができる。

天井の明かりは常夜灯だけが灯《とも》り、枕明かりが黄色い光を枕元で放っている。

(影になってしまう。枕明かりをこちら側に持ってくれば、もっとはっきりと見えるのに……)

それでも、天井の常夜灯がぼんやりと太腿とその奥を浮かびあがらせている。

むっちりとした太腿の白さが徐々に根元のほうまで見えたとき、そこを隠すように右手が押し当てられた。

手のひらで恥部を覆ったまま、祐美子は動かない。きっと、義父に見せたい、見られたいという気持ちと、羞恥心がせめぎあっているのだろう。

今回は前回とは違って、欄間から耕一が覗いていることを知っているのだ。義父に向かって足を開くだけでも、大変だろう。

と、祐美子の左手が胸に伸びて、浴衣越しに胸のふくらみをぎゅうとつかんだ。

「あっ……！」

祐美子の顎が突きあがった。

胸のふくらみを包むように、強弱をつけて揉みはじめた。ついには、浴衣の衿《えり》から手をすべり込ませて、じかに乳房をつかんだ。浴衣がもこもこと動く。

やがて、股間に当てられていた右手が少しずつ活発に動きはじめ、左右の足が伸びた。足を伸ばして、足裏でシーツを擦り、

「あっ……あっ……」

と、かすかな声を洩らす。

右の手指が太腿の奥をまさぐり、左右の太腿がよじりあわされる。その状態で、ぎゅ、ぎゅっと太腿を締めつける。

腰が動きはじめ、祐美子は横臥した。

シーツに横になって、少し丸まり、浴衣の裾をまくりあげた。

真っ白な尻と太腿をのぞかせ、右手を尻のほうからまわし込んで、奥をとらえた。

二本の指でそこを静かになぞり、

「あっ……くっ……あっ……」

あえかな声をあげて、尻を前後に揺すった。

漆黒のウエーブヘアが枕に扇《おうぎ》のように散り、髪で半ば隠れた横顔を見せながら、後ろから伸ばした手で尻の底をさすり、もう我慢できないとでも言うように、下腹部を擦っている。

浴衣の衿がはだけて、白い乳房が押しつぶされていた。

（祐美子さん、いやらしすぎる……！）

耕一の下腹部はぐんと力を漲らせて、痛いほどにいきりたった。

右手で浴衣の前をひろげて、それを握った。ドクッ、ドクッと力強く脈打っている。

昂奮で視界がぼやけてきた。そのとき、

「来て……来て……」

祐美子の声がかすかに聞こえた。

「えっ……もう一度」

「来て……お義父さま、来て……」

今度ははっきりと聞こえた。

祐美子は仰向けになり、足を大きく開いて、耕一を見あげている。その目が潤みきって、わずかな明かりを反射し、粘っこく光っている。

女が男を欲しがっているときの目だった。

迷った。このまま行けば、禁を犯してしまう。

（だが、だが……靖之が祐美子さんを放っておくから、いけないいんだ……！）

耕一は意を決して丸椅子から降り、襖を開けた。

襖が左右にひろがって、祐美子が股を開きつつも、耕一を見あげていた。

襖を後ろ手に閉めた。どうしたらいいのかわからないまま、欲望の赴くままに祐美子に覆いかぶさっていくと、

「ああ、お義父さま、土の匂いがする。おおらかな大自然の香り……」

祐美子が呟いた。

「……祐美子さんもいい匂いがする。女の甘い香りだ」

耕一も素直に実感を口にする。

「わたし、もう恥ずかしくて、死にそうでした」

祐美子がぎゅっと抱きついてきた。

「……わかってるよ。ありがとう。俺なんかに見せてくれて……」

「これは、二人だけの秘密にしましょうね」

「ああ、そうしよう……」

「わたしだけでは狡《ずる》いわ。お義父さまの秘密も知りたい……」

やさしく微笑んで、祐美子が浴衣の前から手をすべり込ませてきた。

いきりたつものに触れて、ハッとしたように手を引き、それから、おずおずと握ってくる。

「あっ……くっ……」

女性に勃起を握られたのはいつ以来だろう？　思い出せないほどだ。

「こんなになって……うれしい」

はにかみながら、祐美子は肉棹《にくざお》を根元のほうから握りしごいて、見あげてくる。

髪が乱れて、額や頬に張りつき、アーモンド形の目がしっとりと濡れて、耕一を艶《なま》めかしく見あげてくる。

耕一は急所を鷲づかみにされたようで、少しも動けない。

ゆっくりと勃起を擦られるだけで、この世のものとは思えない快美感がうねりあがってくる。

「もっとお義父さまの秘密を知りたいわ。いいですか？」

「あ、ああ……」

そう答えると、祐美子は身体を入れかえて、上になり、仰臥した耕一の足の間にしゃがんだ。

（な、何をするんだ？　まさかな……）

耕一が頭を持ちあげたとき、祐美子の指が肉茎に添えられた。

顔を寄せて、まるで愛《いと》おしいものにするように、ちゅっ、ちゅっと亀頭部に窄《すぼ》めた唇を押しつける。それから、顔を横向けて、キスをおろしていく。

信じられないほどの角度でそそりたつものの裏筋に沿って、キスを浴びせ、根元から今度は上に向けて、ついばむようなキスをする。

「おっ、あっ……！」

思わず呻いた。

すると、祐美子は上体を立てて、半帯をしゅるしゅるっと衣擦《きぬず》れの音を立てて解いた。それから、浴衣を肩から落とした。

妖美としか言いようがなかった。

さっき風呂場で見たときとは違って、ぼんやりした枕明かりに浮かびあがっているせいだろう。きめ細かい肌は正面から明かりを受けて、白々と輝き、ツンとせりだした乳房の先が濃いピンクにぬめ光っていた。

そして、引き締まった腹部の底には、細長くととのえられた恥毛が中心に向かってそそけ立っている。

(息子の嫁の裸を、閨の床で拝めるとは……)

きっと驚嘆の目で見ていたのだろう。祐美子はふっとはにかみ、また顔を伏せた。

いきりたつものの裏を、顔を横向けて舐めながら、見あげてくる。

邪魔な黒髪を耳の後ろにかきあげて片方に寄せ、ゆっくりと裏筋に舌を走らせる。

信じられなかった。

普段見ている祐美子とは、まったく雰囲気が違う。

清楚さを残しているものの、とにかく艶めかしい。

とても、靖之相手に気を遣ることができなくて、夫の浮気を自分のせいだと悩んでいた同一人物とは思えない。

こんな艶めかしい女を妻にしながら、若いモデルにうつつを抜かす息子の気持ちがまったくわからない。

裏筋を舐めあげてきた祐美子が、そのまま上から頬張ってきた。

ふっくらとした唇を開き、静かに途中まで咥えて、そこで動きを止めた。と、口のなかで何かがねっとりとからんできた。

祐美子の舌だった。

頬張りながらも舌を動かして、勃起の裏側をねろり、ねろりと舐めているのだ。

「おっ、あっ……くっ……！」

耕一は湧きあがる快美感に酔いしれた。

そのとき、柔らかな唇がゆっくりとすべり動いた。

祐美子は静かに顔を打ち振っていた。垂れ落ちる黒髪をかきあげながら、勃起の形にひろがった唇を往復させている。

左右の頬が大きく凹《へこ》んでいた。

そして、女豹《めひょう》のポーズでしなった背中の向こうに、真ん中で割れた真っ白なヒップが見えた。

(夢だ。きっと俺は夢を見ているんだ……！)

祐美子の首振りのピッチが少しずつあがっていく。

(おおぅ、気持ちいい……良すぎる！)

祐美子の指が根元を握ってくる。そこをしごかれ、同じリズムで、亀頭冠を中心に唇を往復されると、ジーンとした快感がさしせまってきた。

(出すのか？　俺は息子の嫁の口のなかに射精するのか！)

一瞬、身構えた。

だが、歳を取るにつれて感度の鈍《にぶ》くなったイチモツは、ぎりぎりのところまで高まるものの、そこから低下してしまう。

さすがに疲れたのだろう、祐美子が肉棹を吐き出して、息を切らしている。

「ゴメン。歳だから、出ないんだ。今度は俺があなたを……」

そう言って、耕一は身体を入れかえた。

4

祐美子が胸と股間を手で覆った。

「もうすべて見られているのに、まだ恥ずかしいのか？」

「はい……」

祐美子がちらっと見あげて、目を伏せた。カールした睫毛《まつげ》が長い。

「女性は羞恥心があったほうがいいね。でも、今は見せてほしい」

耕一は胸を隠していた手を外した。両手を万歳の形に押さえつけると、

「あっ……！」

たわわな乳房をあらわにされて、祐美子が顔をそむけた。

「きれいな胸だ。大きくて、形がいい」

羞恥心を取り除こうとして言う。

実際にその胸はDカップほどの大きさで、直線的な上の斜面を下側の充実したふくらみが持ちあげた、目の覚めるような美しい乳房だった。

「ほんとうだよ……初めてだよ。こんな素晴らしい身体……」

耕一は手を放して、おずおずとふくらみをつかんだ。

柔らかくてたわわな肉層を絞り出すようにして、いっそうせりだしてきた乳首をかるく頬張ると、

「くっ……！」

祐美子はびくっとして、顎をかるくのけぞらせた。

(すごく感じてるじゃないか……これで、イケないなんて信じられん！)

女性が感じてくれると、男も高まる。

だが、もうひさしく女体と接していないから、どうやっていたのか、すぐには思い出せない。

戸惑いを押し隠して、乳首をちろちろと舐めた。

濃いピンクの突起はたちまち唾液にまみれて、妖《あや》しいほどにぬめ光ってきた。

(確か、こうやるんだったな……)

右手の指を舐めて湿らせ、向かって右側の乳首を挟みつけるようにして転がし、左側の乳首に舌を走らせる。

いっそう硬くしこってきた乳首を上下に舐め、左右に弾《はじ》くと、

「んっ……！　んっ……！　ぁあああ、お義父さま……あんっ！」

祐美子が喘いだ。

「気持ちいいのか？」

「はい……すごく感じます。どうして？　お義父さまだと、すごく感じる……ぁああうぅ」

祐美子が右手の甲を口に当てて、のけぞりながら、喘ぎを押し殺した。

ひさしくセックスしていなかったし、自分の愛撫がそれほど達者だとは思わない。ならば、お互いの相性だろうか？　耕一もさほど多くの女性経験があるわけではないが、やはり、どうしようもない身体の相性というものはある。

肉体的なものだけではなく、心理的なものもあるだろう。女性は完全に信じきった男にしか身も心も開かない。

だとすれば、祐美子は靖之に対して、昔から不信感のようなものがあったのかもしれない。

祐美子の言葉で少し自信がついた。

乳首を替えて、反対側の突起を舐め転がし、もう一方の乳首を指先で捏《こ》ねた。

「ぁああ、あああああ、ぁああああ、いやっ……」

祐美子がのけぞりながら、激しく身体をよじった。

「どうした？　強すぎたか？」

「いいえ……怖いんです。自分がどうにかなってしまいそうで、怖いんです」

祐美子が潤んだ瞳を向けてくる。

「大丈夫だよ。大丈夫……いいんだ。いいんだよ……」

赤子をあやすように言って、耕一はじっくりと乳房を攻めた。

どんどん硬さを増して、勃ってきた乳首をかるく舐めたり、指で捏ねたりする。そして、指で捏ねながら、乳首のトップに舌をからませる。

セックスの際、耕一は若い頃は性急だった。だが、歳を重ねるにつれて、少しずつ気長に変わった。

その要因は妻だった。妻も最初の頃は祐美子と同じで、中イキできなかった。

どうしてだろう、と頭を悩ませた。

突き方が悪いのかといろいろと試してみたが、それでも、妻は中ではイカず、諦めて、じっくりと愛撫に時間をかけ、挿入してからもピストンはゆっくりとして、いわゆるスローセックスに変えた。

しばらくすると、効果が出たのか、妻が中でイクようになった。

（そうだった……妻がそうだったのだから、焦らずじっくりとかわいがっていけば、

祐美子さんだって中イキできるようになるんじゃないか？　こんなに敏感な身体をしているのだから）

耕一は乳房を攻めながら、空いているほうの手で祐美子の肌をさすってやる。

尖りきった乳首を舌でちろちろとあやしながら、脇腹から太腿にかけて丁寧に撫でさすってやる。

こういうのを、吸いつくようなもち肌と言うのだろう。

引っかかりの一切ない、きめ細かい白絹のような肌をさすっているだけで、こちらの手が気持ちいい。

祐美子は途中までは、敏感な反応を見せていたが、慣れてきてしまったのか、途中から反応がぐずぐずしたものに変わった。

（確か、こういうときは……）

往時を思い出して、言った。

「祐美子さん、腹這いになってくれないか？」

「えっ……こうですか？」

祐美子がゆっくりとした動作で、うつ伏せになった。

「そうだ。それでいい……きれいだよ」

枕を顔の下に抱えた祐美子の背中や尻の官能美に見とれた。

色白の肌がところどころ悩ましいピンクに変わっている。そして、肩から背中、きゅっとくびれた細腰から横にも縦にも大きく張った尻にかけてのラインが、女性だけしか持てない優美さを伝えてくる。

祐美子はお尻の孔《あな》を見られるのがいやなのか、ぎゅっと尻たぶに力を入れて、引き締めている。

耕一はゆったりとマッサージしてやる。

肩を揉み、肩甲骨《けんこうこつ》の中心をかるく指圧し、ゆるやかなカーブを描く背骨の左右を手のひらでぎゅっ、ぎゅっと体重をかけて押す。

「あっ……んっ……！」

「気持ちいいだろ？」

「はい……ほぐされていきます。それに、ジンと熱くなってくる……」

耕一は得意の指圧で肩や背中、腰の凝っている部分を押してやる。

それから、背筋に沿って、シミひとつない背中をスーッ、スーッと指先を箒《ほうき》のようにしてさすりあげ、おろすと、

「あっ……！」

祐美子がびくっと震える。

「気持ちいいだろ？　靖之はこんなことはしてくれないだろ？」

「ええ……いつも忙しいみたいで、つねにせかせかしていて……セックスも同じなんです」

祐美子が答える。

やはりなと思った。きっと、閨の床でもいい加減な愛撫で済まし、咥えさせて、すぐに挿入するのだろう。それでは、女性の性感は開かない。

浮気相手のモデルが靖之についてくるのが不思議だが、きっと半分、枕営業だから、イクふりでもしているのだろう。それに、靖之はまんまと騙されているわけだ。

（しょうがないやつだな……）

耕一は手を脇腹に添えて、触れるかどうかのタッチで、脇腹をさすってやる。

「あっ……あっ……あっ……」

撫でるたびに、祐美子は敏感に反応して、背中を反らせる。

（よし、いいだろう……）

耕一は肩甲骨を舐めた。

ハの字に開いた肩甲骨の浮きあがった部分にゆっくりと舌を走らせていくと、

「やっ……ぁあああああうぅぅぅ！」

祐美子は気持ち良さそうに顔を持ちあげる。

さらに、中心に沿って舐めおろし、舐めあげる。舌がなめらかな肌を擦っていって、

「ぁああ、ダメ……お義父さま、ダメッ……ぞくぞくします」

祐美子は裸身をS字にして、尻を物欲しそうにせりあげる。

（よし、今だ……！）

耕一は一気に舌をおろしていく。

持ちあがってきた尻の谷間に舌を走らせると、

「あひっ……！」

と、祐美子は尻たぶをとっさに引き締める。それでも、尻たぶの谷間をアヌスから女性器にかけて舐めおろしていくと、

「いや、いや、いや……」

祐美子がいやがって、尻を振った。

揺れ動く尻をつかんで、左右にひろげ、その狭間《はざま》に舌を走らせる。

耕一の舌が肛門の窄まりから、会陰《えいん》部、さらに、花肉へとすべっていく。息づいている雌芯を舐めると、

「ぁあああ、ああああああ……お義父さま、それ恥ずかしい……恥ずかしい……ぁああああ、ああうぅぅ」

口では恥ずかしいと言いながらも、真っ白な逆ハート形の尻をせりあげる。

(舐めにくいな……そうか、あれだった)

枕を祐美子の腹部の下に置くと、張りつめた尻があがって、薄茶色のアヌスや女の秘肉が見えた。

耕一は姿勢を低くし、左右の尻たぶをつかんで開き、幾分ひろがった女陰の狭間に舌を走らせる。

ふっくらとして、土手高《どてだか》のそれはいかにも具合が良さそうだった。変色の少ない陰唇がフリルのように波打って、口を開きかけた二枚貝のようだ。その奥には、鮮やかな鮭紅色にぬめる内部が息づいていて、とろりとした蜜にまみれている。

そこに舌を走らせると、まったりとした粘膜が舌にまとわりついてきて、

「ぁあああ……あああああ……」

祐美子が陶酔したような声を長く伸ばした。

(感じている声だな……いいぞ。祐美子さんはとても敏感な肉体を持っている。この調子なら……)

中心を肉びらごとチューッと吸いあげる。

「いやぁあああ……！」

祐美子は絶叫に近い声を放って、あわてて手で口を封じる。

ふたたび吸うと、今度は声を押し殺しながらも、ぐぐっ、ぐぐっと尻を浮かせて、濡れ溝を押しつけてくる。

もっと舐めたくなって、祐美子を仰向けにさせて、腰枕を入れた。

すらりとした足をつかんで、ぐっと持ちあげる。

開かせて、いっそうあらわになった女の花園を舐めた。ぬるり、ぬるりと舌を這わせる。上方の肉芽をぴんと撥《は》ねると、

「あ、くっ……！」

祐美子が躍りあがる。

やはり、クリトリスが最大の性感帯なのだろう。

狙いを定めて、徹底的にかわいがった。

だんだんやり方を思い出していた。セックスは自転車や泳ぎと同じで、一度覚えたら、そうそう忘れるものではないのだろう。

祐美子のクリトリスは最初は包皮に隠れていたが、刺激するにつれて、赤い顔を出

した。体積もぐっと増している。

その赤い芽をじっくりと上下に舐める。

なるべく舌を離さないように慎重に、繰り返していくと、祐美子の気配がさしせまったものになった。

「あっ……あっ……ぁあああ、ダメ、ダメ……！」

「どうした？」

「イキそう……イキそう……」

祐美子が眉を八の字に折って、訴えてくる。

中ではイケないのに、クリトリスではイケるのだろう。

「いいんだよ。イッて……イッてごらん」

「でも……」

「いいんだよ。イキたいんだろ？」

「……はい」

「じゃあ、イッてごらん。あなたが気を遣るところを見たい」

言い聞かせて、耕一は肉芽を根元から吸いあげた。

「いやぁああ……！」

嬌声《きょうせい》をあげながら、祐美子はのけぞり返る。

吐き出して、今度は左右に弾く。舌を横揺れさせると、

「ぁああ、あああ……ああ、これもいい……」

祐美子は両手でシーツをつかみ、がくん、がくんと胸をせりあげるようにして、躍りあがる。

「イッていいんだよ。どれがいい？ どうされたら、イケる？」

唇を女陰に接したまま訊いた。

「……あの、上下に舐めて……それから、思い切り吸って……吸ってください」

「わかった」

耕一は求められたように、陰核を縦に舐めた。

途中から顔全体を使って、激しく舌をからませる。舌を打ちつけるピッチをあげていくと、祐美子の様子がさしせまったものになった。

「ぁああ、ぁあああああ……イキそう……イキたいの。イキたいの」

「こうだな」

耕一はクリトリスを口に含んで、思い切り吸いあげた。チュ、チュッ、チューッと吸引したとき、

「イキます……イクぅぅぅぅぅぅぅぅ！」

祐美子は脳天から突き抜けるような声をあげて、のけぞった。

「うあっ……」

と呻いて、ガクン、ガクンと大きく躍りあがる。

耕一はその様子を下から見あげている。

祐美子は何かにとり憑《つ》かれたように腰を上下に振り立てていたが、絶頂の波が駆け抜けていくと、がっくりとして動かなくなった。

5

（クリトリスで気を遣ったのだから、あとは中イキさせられれば……）

だが、耕一が繫《つな》がろうとすると、祐美子はいやいやをするように首を振って、膝を閉じた。

「やっぱり、いけません」

そう言うものの、耕一を見る目はとろんとして潤みきっている。

「……ダメなのか？」

祐美子がうなずく。

しかし、そのうなずき方も弱々しい。押せば、落ちると思った。

「祐美子さんとしたいんだ。自分がどんな理不尽なことを言っているのかもわかっている。祐美子さんが、靖之のことを裏切りたくないという気持ちも……だけど、靖之はあなたを裏切っているんだ。そんな靖之に義理立てする必要はない」

耕一は自分でも驚くほどきっぱりと言った。

祐美子が無言のまま、おずおずと見あげてきた。

「いざとなったら、俺が責任を取る。祐美子さんは少しも悪くない。俺がいやがる祐美子さんと無理やりした。俺がすべて責任を取る」

上からじっと見ると、祐美子も大きな目で真剣な眼差《まなざ》しを向けてくる。

その目が静かに閉じられる。

求められているものがわかって、耕一も唇を合わせる。

キスなどいつ以来だろうか？　しかも、今感じている唇は若く、ぷにぷにしている。

耕一はキスにはまったく自信がない。

上と下の唇を挟むようにして、唇を合わせていると、祐美子がぎゅっと抱きついてきた。両手を後頭部と背中にまわして、ぐいと引き寄せながら、自ら唇に貪《むさぼ》りついてくる。

情熱的なキスだった。

細くて長い女の舌が耕一の舌をとらえて、からまってくる。

耕一がその舌を吸うと、祐美子も吸い返してくる。

祐美子の手がおりていって、耕一の股間をとらえた。半勃起状態のそれを握られて、ゆったりとしごかれると、イチモツがあっと言う間に力を漲らせた。

耕一はキスを終えて、祐美子の足をすくいあげた。腰枕はしたままだ。

「ぁあああ……」

祐美子が期待に満ちた声を洩らす。

耕一はいきりたつものを押し当てて、ゆっくりと沈めていく。

切っ先が窮屈なとば口をこじ開けていくと、

「うっ……」

祐美子が歯を食いしばった。

キツキツだなと思いながらも、さらにめり込ませていく。奥まで届かせると、温かくて、ぬらつく粘膜が硬直を包み込んできて、

「ぁあぁっ……!」

祐美子が喉元をいっぱいにさらした。

耕一も奥歯を食いしばる。ひさしぶりに味わう女の祠《ほこら》が波打つようにからみついてきて、少しも腰を動かせない。

(くっ、キツい……!)

まだ挿入したばかりなのに、祐美子の体内はペニスを歓迎するかのようにうねり、もっとちょうだいとばかりに、イチモツを奥へ奥へと手繰《たぐ》りよせようとする。

耕一もそれほど多くの女体を抱いたわけではないが、今味わっているものは、そのなかでも最上のものに思えた。

耕一は上体を立てて、祐美子のすらりとした足を折り曲げさせ、膝を上から押さえつける。

ぐいと開かせると、屈曲した足がひろがって、長方形のぴっしりとした翳りの底に自分のものとは思えないような猛々《たけだけ》しい肉柱が嵌《は》まり込んでいるのが見えた。

その姿勢で、ゆっくりと浅くストロークをする。

窮屈な細道を押し広げていく確かな感触があって、

「うっ……うっ……」

祐美子が呻く。苦しそうに眉を八の字に折っている。

（やはり、挿入は苦手なのだろうか？）

心配になったが、ゆっくりとしたストロークを繰り返すうちに、慣れてきたのか、いい声が出はじめた。

「あっ……あっ……あんっ」

そう艶めかしい声をあげて、祐美子は両手を顔の横に置いている。その赤ん坊が寝ているときのような無防備な姿が、愛らしい。

少しずつピッチをあげて、打ち込みを強くしていくと、

「あんっ……あんっ……ぁあああうぅぅ」

大きな喘ぎを洩らしたことを恥じるように、祐美子は右手の甲を口に添えて、喘ぎを押し殺した。

同じ深さとピッチで腰をつかうと、たわわな乳房が揺れて、ピンクの乳首も同じように縦に揺れる。

ウエーブヘアを扇のようにシーツに散らし、苦しそうに顔をゆがめながらも、突かれるままに全身を揺らしている。

（美しい……しかも、エロチックだ。このつらそうな顔が男をかきたててくる！）

それに、今のところ、祐美子は普通に感じているように見える。

（よし、もっと深いところを……！）

耕一はいったん手を放し、今度は膝裏をつかんだ。

ぐっと押しあげながら開かせ、前に体重をかけて、屹立《きつりつ》を打ち込んだ。

さらに挿入が深くなって、耕一はぐいぐいと奥に届かせる。

もうかつての調子を完全に取り戻していた。相手が祐美子だからだろう。セックスは相手次第で変わる。

六十五歳の自分が、こんな若い、素晴らしい肉体の女を貫いているということ自体が、奇跡に思える。

祐美子は息子の嫁である。息子の女だ。息子の配偶者だ。

そんなことはわかっている。自分が人としての道を踏み外していることも。

だが……。

この悦《よろこ》びの前では、すべてが無に等しい。

（もっとだ……！）

耕一が力任せに打ち込んだとき、

「ダメッ……！」

祐美子が顔を持ちあげ、眉根を寄せて訴えてくる。

「ダメか？」

祐美子は今にも泣き出さんばかりの顔で、言った。

「ダメなんです。深く突かれると、ダメなんです」

「苦しいってことか？」

祐美子がうなずく。

（そういうことか……）

耕一も聞いたことがある。奥のほう、すなわち子宮口を突かれると痛がる女性がいると。おそらく、祐美子もそうなのだろう。

「それで、イケなくなってしまうんだな？」

「たぶん……」

「大丈夫。それなら、途中を突けばいい。深く差し込まなければいい」

「そんなことが、できるんですか？」

「ああ、できるよ」

耕一は切り換えて、浅いところを突く。

ぐいと最後まで打ち込まずに、途中で切りあげて、自分のほうに引く。これなら、子宮を突くことはない。

以前に、そういう女性との経験が耕一にはあった。

耕一はまた膝を上から押さえ、途中まで押し込んでおいて、強く引く。打ち込むときは力を入れずに、むしろ、引き戻すときに力を込める。

浅瀬を速いピッチで抜き差ししている感じだ。

こうすれば、カリが膣に引っかかって、Gスポットを刺激しているはずだ。

奥をズンッと突かれるよりも、そのほうが感じるという女性もいる。

耕一が短いストロークを繰り返していると、祐美子の気配が明らかに変わった。

「あん、あん、あんん……ああ、気持ちいい……あそこが熱い……気持ちいいのよ。お義父さまのあれが引っ掻《か》いてくる。ぁああ、あああああ、へんよ。へん……」

祐美子がどうしていいのかわからないといった様子で、シーツをつかんだ。

女性は高まってくると、何かにつかまりたくなるという話は聞いている。

(よし……このまま！)

耕一はがむしゃらに腰をつかった。

ねちっ、ぐちょと卑猥な音とともに、濁った蜜がすくいだされて、

「あっ、あっ、あっ……ぁあああ、お義父さま、イクかもしれない。わたし、イクかもしれない……」

祐美子が両手でシーツをつかんで、ぐっと胸をのけぞらせる。

「いいんだよ。イッて、いいんだよ。そうら！」

耕一はいつものように、ついつい深いストロークを浴びせていた。切っ先を奥まで届かせたとき、

「うあっ……！」

祐美子が身体をひねって、自ら結合を外した。

「ゴメンなさい。お義父さま、ゴメンなさい……」

胎児のように丸くなって、さかんに謝ってくる。

そうか……。ついつい奥まで打ち込んでしまった。それで、祐美子はつらくなって、一気に冷めてしまったのだ。あと一歩のところだったのに。

「いや、謝らなくちゃいけないのは、俺だ。ついつい……申し訳ない。せっかく、イキかけていたのに……もう一度……」

「すみません。もう、怖くて……わたしはもう……。でも、お義父さまには出していただきたいんです」

そう言って、祐美子は身体を起こし、耕一をその場所に仰向けに寝かせた。

身体をずらしていき、耕一の足の間にしゃがんだ。

「いいよ。だいたい俺は、フェラじゃ、出ないんだ」

耕一は訴えたものの、祐美子はかまわずしゃぶりついてきた。

いまだにいきりたっているものを、そこに自分の愛液が付着しているのも厭《いと》わずに、下からツーッ、ツーッと舐めあげてくる。

幾度も舌を走らせてから、頰張ってきた。

いったん、ぐっと根元まで咥え、そこでチューッと吸いあげてくる。

「あっ、くっ……！」

耕一はうねりあがる快感に、呻いていた。

すると、祐美子はもっとできるとばかりに唇が陰毛に接するまで深々と頰張った。

喉を突かれたのか、

「ぐふっ、ぐふっ」

と、噎《む》せた。

それでも吐き出すことはせずに、一心不乱に唇をすべらせる。

垂れ落ちる黒髪の向こうに、下腹部に唇を押しつけるようにして屹立を頰張る祐美子の口許が見えた。

その口許がゆっくりと上昇して、降りていく。

それを繰り返しながら、根元を握ってきた。

しなやかな五本の指をからませて、ゆったりと上下にしごき、同じリズムで唇をすべらせる。

「んっ、んっ、んっ……」

自らを励ますような声を洩らしながら、徐々にピッチをあげていく。

そのとき、奇跡が起こった。

甘やかな愉悦《ゆえつ》がいきなりさしせまったものに変わったのだ。

(出すのか？　射精するのか？)

これまで六十五年生きてきて、フェラチオされて女の口のなかに出したことはなかった。

(ウソだ……こんなに長くセックスをしてきたのに、まだ初体験というものがあるのか？)

信じられなかった。だが、余っていた包皮を完全に剝かれ、あらわになった敏感な亀頭冠を適度な圧力とともに柔らかな唇でしごかれると、息もできないような高揚感がせりあがってきた。

「ああ、初めてだ。出そうなんだ」

思いを口にすると、祐美子がちらりと見あげてきた。

上目づかいに大きな目を向けて、耕一の様子を観察したように見えた。

だが、それも一瞬で、祐美子はまた顔を伏せて、激しく指と唇を上下にすべらせる。

甘い愉悦が大きな上昇カーブを描き、射精前に感じるあの切迫感がふくれあがってくる。

「ああ、くっ……出そうだ。出そうだ……おおぅ！」

状態を訴えたとき、祐美子が一気に追い込んできた。

胴体を握って擦られる。柔らかくて適度な弾力のある唇が、亀頭冠のくびれにからみついてくる。

「んっ、んっ、んっ……」

つづけざまに亀頭冠を擦られたとき、待望の瞬間が訪れた。

「あああ、くっ……ぁあああああ！」

吼えながら、放っていた。

祐美子は唇をかぶせたまま、最後の一滴まで搾り取ろうとでもするように、肉茎を指でしごきあげる。

脳天が痺れて、下半身が浮きあがるようだ。

夢のような射精が終わると、祐美子はそっと肉棹を吐き出して、手を口に添えながら、口腔に溜まった白濁液を嚥下《えんげ》する。

口に手を当てて、あふれそうになる白濁液をごくっ、ごくっと喉音を立てて、呑んでいる。

射精のあとの満足感のなかで、耕一は息子の嫁のその姿をしっかりと目に焼きつけた。

翌日の午前中に、祐美子を車で駅まで送った。

耕一は時々、ちらちらっと助手席の祐美子に目をやる。

冷房の効いた乗用車のなかで、祐美子は前を向いている。かるくウエーブした髪、ととのっていて優美な横顔のライン、半袖のサマーニットを押しあげたたわわな胸のふくらみ……。

(この素晴らしい人を、俺は昨夜、抱いたのだ……)

こうして、いつもどおりの淑やかな祐美子を見ていると、昨夜の情事が夢だったように思えてくる。

(ほんとに、俺はこの人を抱いたのか?)

それが一夜の夢でないことは、自分の指やペニスにいまだ残っている生々しい感触でわかる。

自分は義父でありながら、息子の嫁と寝てしまったという後ろめたさ。あそこまで感じさせたという満足感と、ぎりぎりのところでイカせられなかったという無念の気持ち……。

様々な思いが一緒くたになって、ハンドルを握る手が緊張してしまっている。

駅が近くなって、耕一は思いを告げた。

「これからも、来てくれるね？」

「はい、もちろん」

「今度、ひとりで来ないか？」

思い切って、誘った。

「……それは……無理です」

いい返事を期待していたので、驚いた。自分の持っている強引な面が出た。

「どうしてなんだ？　靖之は浮気をしているんだぞ」

「わかっています」

「……昨夜のセックスが良くなかったか？」

「違います。あそこまで感じたのは初めてでした……ほんとうなんです。でも、だからこそ……怖いんです」

「怖い？」

「ええ……きっとわたしは夢中になって、お義父さまを忘れられなくなる。そうなったら、すごくつらくなる、わたしもお義父さまも……」

「……大人なんだね」

「……女は恋愛のプロですから、予測がつくんです。すみません」

年齢的には祐美子のほうがはるかに年下なのに、彼女のほうがずっと冷静だった。

「わたし、靖之さんを彼女から取り戻したいんです。お義父さまだって、それを願っているんでしょ？」

「あ、ああ……そりゃあね……」

「そのために、もう一踏ん張りしてみます。お義父さまがそう思わせてくれたんです。昨夜はもう少しでイクところでした。すごく感じたんです。だから、これなら、靖之さん相手でも感じるんじゃないか？　イケるんじゃないかって……逃げてばかりじゃなくて、チャレンジしてみたいんです。今しばらく、わたしを見守っていただけませんか？」

真剣に言う祐美子の気持ちが充分に伝わってきて、息子の嫁との情事にうつつを抜かしていた自分が急に恥ずかしくなった。

「……そうだな。あなたの気持ちはよくわかった……義父がこんな乱暴なことをするなんて、俺がどうかしていたんだ」

「……そうでもないと思います」

「えっ？」

「昨夜、わたしはとても幸せでした」

祐美子は運転席の耕一を見て、右手を伸ばし、ズボンの太腿に置いた。

それをどう解釈すべきか、ドキドキしている間にも、車は駅に到着した。

祐美子が降りて、耕一は後ろに載せていた荷物を出してやる。

祐美子はキャリーに載ったボストンバッグを引いて、オミヤゲの野菜の詰まった大きな袋を抱えている。

改札の前で、耕一に向かってお辞儀をする祐美子を見て、野菜はあとで宅配便で送ればよかったと思った。

第三章　女将の赤い腰巻き

1

耕一は祐美子との一夜を忘れようと、露天風呂付きの離れを建てることに没頭した。きっと寝た子を起こされたのだろう。

祐美子との夢のような一夜の記憶は今も、心や体に色濃く残っている。ダイニングキッチンでひとりで食事を摂っていても、「ああ、ここで祐美子さんがエプロンをつけて、料理をしていたんだな」と思い出してしまう。今、自分がひとり暮らしであるがゆえに、いっそう寂しさが募る。

心だけではなく、体も寂しがる。

夜、床についても、下半身がうずうずして、ついつい股間に触れてしまう。

それまでは、ほとんど元気になることのなかったイチモツが、祐美子を思うだけで、力を漲らせてくる。

そうなると、溜まっているものを出したくなり、祐美子との夢のような一夜を思い出しながら、勃起をしごく。

歳のせいか、射精するときもあるし、最後までイカないこともある。

祐美子は耕一の寝ていた性欲を起こした。それと同じように、耕一は祐美子の性感帯も目覚めさせた。

(靖之相手に試すと言っていたが、どうなったのだろう？　あのやり方でセックスしてもらえれば、祐美子さんもイケたんじゃないか？　だとしたら、俺はもう用なしか……)

寝つきが悪いから、早起きするのも苦労する。

しかし、農業はまだ暑くならない朝のうちが勝負だ。

野菜を収穫し、雑草を取り、林で原木シイタケの発芽具合を見る。

そして、少し休んで、離れの建築にかかる。

祐美子と靖之の関係がどうなるのかはわからないが、いずれにしろ、祐美子はこの離れに来て、露天風呂につかってくれるだろう。きっと喜んでくれる。

そんな期待感があるから、離れ作りには、自然に力が入る。

離れの壁を貼り終えたとき、友人の堤田《つつみだ》省三《しょうぞう》から『ひさしぶりに呑まないか？』という誘いがあった。

堤田は同級生の幼なじみで、同じ六十五歳。今は役場で嘱託《しょくたく》として働いている。五十歳のときに離婚して、二人の子供はすでに自立しており、今は大きな家にひとりで住んでいる。そういう意味では同じ境遇だった。

それほど友人の多くない耕一にしてみれば、堤田は唯一と言っていいほどの気の置けない友人だった。

快諾して、いつものように駅前の小料理屋『千詠』で逢うことにした。

約束より早めの時間に店を訪れて、家庭料理を箸《はし》で突つきながら、日本酒を呑んでいると、千詠が声をかけてきた。

「祐美子さんは、いつお帰りになったの？」

千詠は今夜もセンスのいい着物を着て、帯をきりりと締め、髪を結いあげている。

その後《おく》れ毛《げ》が生えた楚々としたうなじがのぞいていて、いつもながらドキッとしてしまう。

「もう一週間も前だよ」

「そう……気が抜けたみたいね。祐美子さんが帰って、寂しくてしょうがないって、顔をしてるわ」

「そうか？　それはないって……」

図星をさされているだけに、耕一は自分の顔をついつい触って、壁にかかっている小さな鏡を見てしまう。

確かに、落ち込んだ、生気のない顔をしている。

「美人だし、性格も良さそうだし、耕ちゃんの気持ちもわかる。もし、彼女が息子の嫁でなければばって思ってるんでしょ？　ダメよ。息子さんのお嫁さんに手を出したりしたら、シャレにならないわ」

「わかってる。するわけがないだろ」

そう言って、耕一は目を伏せる。

自分はそのシャレにならないことをしてしまっているのだ。

「あらあら、冗談にならないくらいに惚《ほ》れちゃってるのね。困ったわね」

千詠が眉をひそめたとき、ガラガラッとガラス戸が引かれて、長身痩躯《そうく》の男が入ってきた。友人の堤田省三である。

「おお、堤田。先に来て、呑んでるぞ」

耕一が言うと、

「ああ、いいさ。あのな……今日、お前を呼んだのは、じつは紹介したい人がいてな……」

堤田が外に向かって、声をかけた。

「恭子《きょうこ》さん、入って」

小柄でくりっとした目をした女が、暖簾《のれん》を潜って姿を現した。

Tシャツにジーンズという若作りをしているが、おそらく、年齢は四、五十歳くらいだろうか。目元の皺や全体の雰囲気でわかる。だが、歳のわりにはかわいい人だ。

「耕一にもママにも、紹介しておくよ。今度、結婚することになった久保《くぼ》恭子さんだ」

そう紹介された女性が畏《かしこ》まって、「よろしくお願いします」と頭をさげた。

「……今、結婚って言ったか?」

「そうだよ。結婚するんだ。バツイチ同士だし、さすがに結婚式は挙げないけどな……まあ、籍を入れてから、内輪でパーティでもやろうと思ってるよ」

耕一はただただ唖然としてしまって、かける言葉も見つからない。

(再婚? 堤田が……! 俺と同い年だから、堤田は六十五歳だぞ。六十五歳で再婚するのか？）

　とてもこれが現実だとは思えない。

「あらあら、よかったですね。ご結婚おめでとうございます。カウンターでよろしいですか？　さあさあ、そこにお座りになって」

　千詠に言われて、堤田が耕一の隣に、堤田の隣に恭子が腰をおろした。

　日本酒をぐい呑みに注いだ千詠が、

「お二人のご結婚を祝って、カンパイ！」

　音頭を取って、四人はぐい呑みを持ちあげる。

「堤田、どうやってこんな良さそうな人を見つけたんだ？　教えてくれないか」

　せっつくと、堤田が経緯を話しはじめた。

　この村は今、人口減少で過疎に苦しんでいる。そこで、村は移住を奨励しており、堤田はその係をしている。

　久保恭子も東京からの移住者で、二年前にこの町に移る際に、堤田が何から何まで面倒を見た。

　それがキッカケで二人は交際をはじめ、いっそのこと結婚してしまおうということになったらしい。

「じつは、恭子さんは陶器を作っているんだ。この山では、いい土が採れるらしくてな。今も山間で小屋と窯《かま》を作って、陶器を焼いているんだが……住んでいるところがこの前の大雨で土砂崩れにあって、住めなくなってな……それなら、いっそのこと、俺の家で一緒に住むかってことになったわけだ。もともとつきあってたわけだし、それなら、結婚したほうがいいだろ？　後ろ指をさされるんじゃかなわないからな」

堤田が事情を説明する。

「ああ、なるほど……それなら、納得だ」

耕一は二人の関係が腑《ふ》に落ちて、大きくうなずいていた。

本人から聞いたところによると、恭子はもともと主婦で、東京で結婚生活を送っていたのだが、自分が四十五歳になり、娘もひとり立ちしたのをキッカケに、これまでの生活を清算して、趣味でやってきた陶工を本格的にやってみたくなり、協議離婚して、この村に来た。

今、作っている陶器は、隣の町にある「道の駅」に卸しているのだと言う。

「よかったですね。夢が叶《かな》って」

耕一が言うと、

「はい……ほんとうに、思い切ってよかったです。堤田さんにもお逢いすることができましたし……今の自分があるのは、この人のお蔭なんです」

恭子が隣の堤田を幸せそうな顔で見て、堤田がはにかんだ。

（しかし、六十五歳で結婚とは思い切ったな。大したものだ……堤田が結婚できたんだから、俺だって……とはいかないいな）

女性で頭に浮かぶのは、祐美子だけで、まさか、息子の嫁とは結婚などできるわけがない。

酒を呑み、千詠が自ら「田舎料理」と呼ぶ美味しい料理を口に運ぶうちに、耕一は自分でも驚くくらいに酔ってきた。

恭子がトイレに立った隙に、

「よかったよ。お前に元気をもらったよ」

呂律《ろれつ》のまわらない口調で言って、肩を抱いた。すると、堤田が耳打ちしてきた。

「恭子さ、一見、陶器一筋って感じに見えるだろ？　だけど、違うんだぞ。ベッドじゃ、変わるぞ。俺のチンポを咥えて、放さないんだ。嵌めたときも、すごいんだぞ。自分からブンブン腰振ってさ、チンポが折れちまったら、どうしようかってさ……最高の女に出逢ったよ……お前もいい女を見つけろよ。六十五歳って、まだまだ若いんだからさ。俺たちは、いつまでも現役だよ。そうありたいよな」

堤田が酒臭い息を吹きかけてくる。

「そうだな。正直言って、お前が羨《うらや》ましいよ。だけどな、俺だって、最近、やったんだぞ。それがまた、いい女でな……」

耕一が酔いに任せて、絶対に他言してはいけないことを口にしたとき、運良く、恭子が戻ってきた。

ほんとうに運が良かった。このままでは、もっと秘密をしゃべっていた。

「ほんとかよ？　今度、その話を聞かせろよ……ああ、恭子さん。今夜はうちに泊まりますよね？」

堤田が嬉々として、恭子に話しかけた。

それから、間もなく堤田と恭子は揃って店をあとにした。閉店時間がせまってきて、他の客も帰り、ついに、客は耕一だけになった。

その頃には、自分でも驚くくらいに、べろんべろんになっていた。

「耕ちゃん、大丈夫？　そろそろ店閉めるから、代行タクシー呼ぼうか？」

千詠が後片付けをしながら、声をかけてくる。

「わかった。あと、これを呑んだら、帰るから。まだ、代行、呼ばなくていいですから」

自分でもどうしようもないと思う。

きっと、こんな惨《みじ》めな姿を見たら、祐美子だって呆れるだろう。

彼女のイメージのなかでは、耕一は何でもできるスーパーマンなのだから。

(だけど、違うんだ。祐美子さんの前では格好をつけているだけで、ほんとうの俺は……)

さっきから眠くてしょうがなかった。ぐい呑みに残っていたお酒を呑み干したとき、耕一はカウンターに突っ伏した。

そこまでは覚えていたが、あとはすっと眠りの底に吸い込まれていった。

2

(とても甘くて、いやらしい香りがするな。そうか……これは、女の人のお化粧の匂いだ……どうして?)

耕一は必死に目を開けた。

木目の鮮やかな板の天井が見える。

(……確か、店のカウンターで寝てしまったんだった。ということは?)

おずおずと首をひねって、人の気配がするほうを見た。

するとと、鏡台があって、その前で、上半身裸で腰から下に緋《ひ》色の腰巻きをつけた女の後ろ姿が見えた。

鏡に映った顔を見て、はっきりとわかった。

(千詠ママ……!)

いつも結われている黒髪が解かれて、抜けるように色の白い首や肩に散っている。長くつやつやの髪が背中の途中まで垂れかかり、鏡のなかには、たわわな乳房もはっきりと見える。

驚いたのは、千詠が左手をあげて、腋《わき》の下をT字カミソリで剃《そ》りはじめたことだ。

耕一が「あっ」と声をあげると、千詠が振り返って、

「あらっ？　ようやくお目覚めのようね」

やさしげだが、色っぽい顔をほころばせる。

「最近、男の人としていないから、用心のために腋を剃っているのよ。いやでしょ？腕をあげたときに、腋毛が頭を出していたら」

「えっ、ああ、まあ……」

そう返しながら、耕一は思っていた。

（ということは、俺と寝てくれるのか？）

思いを口に出した。

「俺と……その……？」

「そのつもりだけど……いやなら、いいのよ、しなくても……」

「でも、どうして？　この前なんか、酔って抱きつこうとした俺を、代行タクシー呼んで、無理やり帰したような……」

「ふふっ……その気になったのよ。耕ちゃんがあんまり可哀相だから、慰めてあげたくなったの。ただでさえ、祐美子さんが帰京して寂しいところに、同い年の親友に、再婚相手を紹介されたんですものね……二人が帰ってから、耕ちゃん、落ち込んでいて可哀相だったわ。見ていられなくて……だから、招待してあげたのよ」

千詠は今度は左手でカミソリを持って、反対側の腋の下を剃りはじめた。

「ダメね。利き手じゃないと、切ってしまいそう……耕ちゃん、剃ってもらえる？」

「えっ……？」

「抱かれてあげるんだから、そのくらいのサービスをしてくれてもいいでしょ？」

鏡のなかで、千詠がこちらを見た。その媚《こ》びるような熟女の色気をたたえた目が、色っぽかった。

千詠は現在四十二歳だが、若い頃に結婚し、息子を産んだ。

最初は幸せな家庭生活を送っていたが、夫が急死し、未亡人になった千詠が夫の生命保険でこの店を開いた。それから、女手ひとつで、シングルマザーとして息子を育ててきた。

その息子も現在は東京で部屋を借りて、大学に通っている。

千詠はそれらのお金をすべて、この店の売上から捻出していた。

だが、男の影はなく、遊びで抱かれることはあっても、本気でつきあっている男性はいないようだった。

熟れた肉体を持て余しているのだろう。それを、可哀相という同情にすり替えて、今、耕一の相手をしてくれようとしているのだ。

どんな状況でも、恋心を抱いていた女を相手にできるのだから、耕一にとってこれ以上の悦びはない。

耕一は布団を出て、千詠の横につく。耕一はいつの間にか上半身は裸で、下もブリーフだけという格好になっていた。

毛剃りをする前に、確かめたいことを訊いた。

「ここは……店の二階？」

「そうよ。急な階段をあなたを引きあげるのに、すごく苦労したんだから。重かったのよ」

「そうか……すまない」

「そう思ったら、剃って……」

千詠が右手をあげて、頭の後ろにまわした。あらわになった腋窩《えきか》には、確かに黒い粒々が出ている。

「何もつけなくていいのか？」

「大丈夫よ、もう塗ってあるから。そのまま縦に使って……横に引いたらダメよ。切れるから」

「わかった」

耕一はゆっくりと慎重にT字カミソリを縦に這わせる。

数本の皺が走っていて、そこを手で伸ばすようにして、ジョリジョリと剃っていく。

ヒゲソリの要領であるし、耕一はもともと手先が器用だから、このくらいはどうということはない。

顔を寄せると、汗の甘酸っぱい香りがして、若干変色した腋窩が幾分汗ばんでいるのがわかる。

「くすぐったいわ……」

千詠が身体をよじった。

「動くと、切れるよ」

「ねえ、まだ？　妙な気分になってきたわ」

そう言って、千詠が左手で耕一の股間をつかんだ。やわやわと撫でられて、

「ダメだって……コラッ！」

「ねえ、早くしてよ。くすぐったいわ……ふふっ、ここがどんどん硬くなってる」

「待ってくれ。すぐに終わるから……」

耕一は下腹部から立ち昇る快感をこらえ、どうにかして、剃り終えた。

カミソリを置くと、千詠が背中を預けてきた。

耕一の手を乳房に導いて、つかませ、

「ふふっ、いやらしい……ほら、鏡台にわたしとあなたが映ってる」

前を見た。

大きな三面鏡の真ん中と左右の鏡にも、二人がいる。

普段より濃い化粧をした千詠は、目元も口許も艶《あで》やかで、あらわになった上半身は抜けるように色が白く、乳房も豊かだ。

お椀を二つつけたように丸々と隆起し、乳首はセピア色にぬめ光っている。こうしてつかんでいても、たわわな肉層に指が埋まっている。

赤い腰巻きをつけているので、昭和の娼家にいるような錯覚をおぼえる。

耕一が鏡のなかの千詠に見とれていると、千詠は片手をあげて、顔を腋の下に寄せて匂いを嗅ぎ、

「よかった。匂わないわね」

鏡越しに耕一を見て、微笑む。

「色っぽいね。色っぽすぎる。ずっと千詠ママとこうしたかったんだ」

「ふふっ……今夜は特別。勘違いしないでよ」

「そ、そうか……じゃあ、この一回にすべてを出し切るよ」

「いやね、スポーツじゃないのよ……ぁあああ、それ……」

乳首を捏ねると、千詠が耕一の後頭部に手をまわし、艶めかしくのけぞった。

耕一はたわわなふくらみを揉みしだき、突起を指に挟んで、転がす。

それから、上から押しつぶすようにして、乳首を捏ねると、

「それ、いい……それ、好き……ううん」

千詠がますます上体をのけぞらせた。

燃えるような腰巻きをつけて、真っ白な乳房をあらわにした千詠が、鏡のなかで身悶えをしている。

腕が持ちあがって、さっき剃毛《ていもう》したばかりの腋窩があらわになっている。耕一は顔を脇にずらして、横から、腋窩を舐めた。舌を這わせると、つるっ、つるっと舌がすべり、

「あっ……あっ……いやだわ。恥ずかしい……いや、いや……」

そう口では言いながらも、千詠は耕一の首の後ろをぎゅうと引き寄せる。

仄かな汗の香りが、自分の唾液の生臭さに取って代わられて、耕一は腋の下から胸のふくらみへと顔を移していく。

前にまわって、たわわなふくらみを揉みあげ、硬くしこってきた乳首を舐めた。

舌がわずかに突起に触れるだけで、

「あっ……あうぅぅ……ぁあああ、ダメッ……したくなっちゃうでしょ？」

千詠は鼻にかかった甘え声を出す。

「したいんだよ、ママと」

「じゃあ、布団に行きましょ」

千詠は耕一を布団に仰向けに寝かせると、自分は這うように上から見つめて、言っ

た。

「よかったでしょ？　わたしを抱けて」

「ああ、夢が叶った。笑われそうだけど、ほんとうに夢だったんだ」

「ふふっ、耕ちゃん、朴訥《ぼくとつ》そうだけど、ほんとうは口が上手いのね」

「そうじゃない。本心だ」

「ありがとう。自分に自信が持てるわ。そのお礼ね」

長い睫毛を瞬《また》かせて、千詠が唇にキスをしてきた。

ちゅっ、ちゅっと唇を窄めるようにして口づけをしてきて、赤くて細長い舌を出して、耕一の唇をちろちろっと舐めた。

それから、唇を重ね、舌を差し込んでくる。耕一も一生懸命に相手の舌をとらえて、ねろねろとからめる。

自分でも焦らずにできていると感じる。きっと先日、祐美子を抱いたからだろう。あれで、かつての愛撫の仕方を思い出した。あれがなければ、ただおろおろするばかりだったろう。

唇へのキスを終えて、千詠がキスをおろしていった。

顎から首すじ、胸板へと、身体を折り重ねるようにして、唇を押しつける。

「やっぱり、木を切っていた男は違うわね。筋肉が張ってるし、浅黒くて、逞しい……でも、乳首は小さくてかわいいのね」

千詠が顔をあげて、うふっと笑い、乳首を舐めてきた。なめらかで湿った舌で上下に擦られ、横に弾かれる。また、じっくりと上下に舐められると、ぞわぞわっと戦慄が流れた。

「あらっ、乳首が勃《た》ってきたわ。女の子みたい……気持ちいいの？」

「ああ、ぞくぞくする」

「じゃあ、これはどうかしら？」

千詠は乳首を舐めながら、手をおろしていき、ブリーフの上から擦ってくる。分身がたちまち力を漲らせる。手がブリーフの下にすべり込み、じかに握られた。具合を確かめるようにゆっくりと擦られ、同時に、乳首を素早く舐め転がされると、一気に快感が増した。

「あっ、くっ……」

思わず唸っていた。

と、千詠の顔がさがっていき、ブリーフが脱がされる。

転げ出てきたイモチツが鋭角にいきりたっていて、そのことが、耕一に安心感を与え、同時にオスの意欲をかきたてる。

「耕ちゃん、すごく元気……！　衰え知らずだわ。今も現役なのね。誰かとしているの？」

　千詠が訊いてくる。

「いや、そんな女性はいないよ」

「そうよねえ。じゃあ、欲求不満が溜まっているから、こうなるのね？」

「そうだよ、たぶん……」

　じつは、先日、息子の嫁を抱いた、なんて口が裂けても言えない。

　ウソをついていることが後ろめたい。だが、絶対的な秘密を守るためには、ウソもつかなければいけない。

『想像に任せるよ』と誤魔化せばウソをつくことにはならない。たが、そんなことを言ったら、『それって、してるってことよね。相手は誰なの？』とさらなる追及を受けるに決まっている。祐美子は絶対に護《まも》らないといけない。

3

千詠がいきりたちを握って、しごきだした。

足の間にしゃがんで、真下から手を伸ばしているので、耕一には千詠の真っ赤な腰巻きに包まれたヒップが見える。

そのとき、肉茎が一気に頬張られた。

温かくて、湿ったものに分身を包み込まれて、唇でゆったりとしごかれる。

柔らかな唇が静かに肉棹をすべるだけで、えも言われぬ快感が流れ、思わず足を突っ張ってしまう。

千詠はいったん吐き出して、

「ほんとうに元気だわ。やっぱり、若い頃から体を鍛えていると違うのね。それとも、わたしが相手だから？」

千詠が枝垂《しだ》れかかる黒髪をかきあげて、片方の耳の後ろにかけた。

「もちろん。千詠さんがしてくれているからだよ……今もまだ夢じゃないかって気がしてるんだ」

「これは現実よ。ほら、こうすると……」

千詠が裏筋を下のほうから舐めあげてきた。敏感な筋をツーッ、ツーッと舌がすべって、地団駄《じだんだ》を踏みたくなるような快感がうねりあがってきた。

「どう、現実でしょ？」

そう言って、千詠が見あげてくる。

「ああ、現実みたいだ」

「こんなこともできるのよ」

千詠が皺袋を下から持ちあげるようにして、やわやわとあやしてきた。

「あっ、くっ……そんなところまで……」

次の瞬間、千詠が両膝の裏をつかんで、耕一の足をぐいと持ちあげた。

「あっ、コラッ！」

「ふふっ、耕ちゃんのあそこが丸見えよ。睾丸がひくひく動いているわよ。昂奮してるから？」

そう言って、千詠が睾丸を舐めてきた。

皺袋の皺をひとつひとつ伸ばすかのように丹念に舌を這わせて、上へ上へと舐めあげてくる。

くすぐったいような、恥ずかしいような、気持ちいいような……。

次の瞬間、片方の睾丸が千詠の口に吸い込まれていた。

信じられなかった。千詠は片方のキンタマを頬張って、なかで揉みほぐしているのだ。

「あっ、くっ……おい、それは……」

見あげると、千詠は睾丸を頬張ったままこちらを向いて、にこっとした。

それから、ちゅるっと吐き出し、今度はもう片方のキンタマを頬張った。

口のなかに吸い込みつつ、舌で裏側をあやしてくる。

(すごい！　こんなことができるのか……！)

耕一は両足を持ちあげられて、開かされている。その足の間に、千詠が姿勢を低くして、睾丸を頬張っている姿が見える。

まるで、赤ん坊がオシメを替えられているような恥ずかしい格好だが、いつもカウンターのなかで見ている凜としたママが、自分の決してきれいとは言えないキンタマをしゃぶってくれているのだと思うと、昂奮もする。

千詠が睾丸を吐き出して、そのまま勃起の裏側を舐めあげてきた。

ジグザグに舌をつかい、途中で横揺れさせる。

亀頭冠の真裏にちろちろと舌を走らせ、それから、上から唇をかぶせてきた。

ずりゅっ、ずりゅっと激しく唇を行き来されると、ジンとした愉悦がふくれあがってきた。

つい先日までは、フェラチオでは射精できなかった。だが、祐美子の情熱的な口技で、人生で初めて口内射精をした。その記憶が残っているのか、これまで以上にフェラチオで感じてしまう。

根元を握られ、しなやかな指でしごかれ、同じリズムで唇をすべらされると、ジーンとした快感がふくらんできた。

(ダメだ。このままでは放ってしまう。千詠ママに挿入するまではこらえたい)

耕一はとっさに腰をひねって、

「できれば、ママのあそこも舐めたいんだが……」

おずおずと切り出した。

「……いいわよ。こういうことよね？」

千詠が緩慢な動作で、またがってきた。

仰向けになった耕一を、尻を向ける形でまたぎ、ぐっと腰を突き出して、自分はイチモツを握った。

「腰巻きを……めくるよ」

「いいわ……恥ずかしいから、お尻の孔は見ないでよ」

千詠が言った。

耕一はゆっくりと腰巻きをまくりあげる。燃えるような緋色のそれがはだけて、さらに上へと引きあげると、真っ白な太腿からつづく立派な尻がこぼれでた。

「ぁあ……！」

千詠が羞恥に満ちた声を洩らして、ぐっと尻たぶを引き締める。

腰巻きを留めて、目の前の尻たぶを撫でまわした。

たっぷりとした量感のある尻がたわみながら、指を押し返してくる。それをさらに力を込めて撫でまわすと、

「ぁあ……気持ちいい」

千詠の尻から力が抜けていった。

丸々とした双臀の谷間に小さなアヌスの窄まりがひくついている。そして、その下に女の亀裂がひろがっていた。

鶏冠《とさか》のように波打つ陰唇は蘇芳《すおう》色に縁どられているが、内側は鮮やかなピンクで、上のほうに小さな窪地が誘うように息づいている。

たまらなくなって、そこを舐めた。

「あんっ……！」

千詠が愛らしい声をあげる。

つづけて、濃いピンクにぬめ光る粘膜に舌を走らせる。

「あああ、あああ……いいのよ、いい……うむむ」

千詠がしゃぶりついてきた。

いきりたつものを頬張って、さかんに首を縦に振り、ジュルルッと唾音《つば》を立てて吸いあげる。

ぐんと快感が湧きあがってきて、もっとクンニをと試みるものの、下半身を満たしてくる快感に負けて、舌を休めてしまう。

と、千詠が尻を擦りつけてきた。

肉棹を頬張りながら、その勢いを利して、恥肉を押しつけてくる。

気持ち良すぎて、耕一はただただ舌を出すことしかできない。それでも、その舌に向かって濡れ溝が擦りつけられる。

やはり、四十二歳ともなると、性欲が強くなっているのだろう。

千詠が上体を起こして、ずれていく。

耕一の下半身に尻を向けてまたがり、蹲踞《そんきょ》の姿勢になった。

「欲しいわ。いいでしょ？」

「ああ、もちろん……」

千詠は屹立の先を濡れ溝に何度も擦りつけ、それから、慎重に沈み込んでくる。切っ先がぬめりを押し広げていき、それがずっぽりと嵌まり込むと、

「ぁああんん……！」

千詠は身体を斜めにして、がくん、がくんと腰を揺らした。

セックスの悦びを知っているので、知らずしらずのうちに、腰が揺れてしまうのだ。以前から、きっとこの人は性的な感受性の豊かな人だろうと想像していた。それは間違っていなかった。

千詠は上体を斜めにして、尻を揺すりあげる。

最初はゆっくりだった動きが徐々に速くなり、振幅も大きくなって、

「あっ……あっ……ぁああ、いいわ。耕ちゃんのおチンチンがぐりぐりしてくる。わたしのなかを掻きまわしてくる……ぁあああ、感じる」

上体をのけぞらせて、喘ぐ。

さらに上体を前に倒したので、赤い腰巻きがめくれた尻があがって、セピア色のア

ヌスがのぞき、屹立が膣を貫いている姿が目に飛び込んでくる。

千詠はゆっくりと身体を前屈させながら、乳房を足に擦りつけている。

「ああ、あああああ……」

と、絶えず陶酔したような声を洩らしつづける。

(おおぅ、すごい！　千詠さんは想像以上にセックスが好きなんだろうな)

イチモツが揉みくちゃにされて、その快感に唸っていると、千詠が上体をまっすぐにたてて、慎重にまわりはじめた。

嵌まり込んでいる肉棹を軸に時計回りにまわり、いったん真横を向き、そこからまた少しずつ動いて、正面を向いた。

耕一を見おろして、にこっとし、上体を倒してきた。

濃い紅をさした唇がせまってきて、キスをされた。

千詠は情熱的に唇を吸い、舌をからめてくる。そうしながら、時々、ぎゅ、ぎゅっと膣を締めつけてくる。

(くっ……締まる！)

耕一は如実に膣の食いしめを感じて、うっと唸る。そこに舌がすべり込んできて、舌をねちゃねちゃともてあそばれる。

長いキスが、耕一を心身ともにとろとろに溶かしていく。

キスを終えて、千詠が今度は胸板を舐めてきた。

乳首を舌でいじられ、そのまま、上へと舐めてくる。

その間も、よく締まる膣が勃起を包み込んでいる。

「ああ、天国だ。千詠さん、天国だよ」

思わず言うと、千詠はうれしそうに微笑んで、上体を立てた。

さらに、のけぞるようにして両手を後ろに突き、その姿勢でぐいぐいと腰をせりあげてくる。

台形の漆黒の翳りの底に、自分の肉柱が嵌まり込んでいるのが見える。

千詠が腰をつかうたびに、それが見え隠れする。

長い黒髪が枝垂れ落ちている。やさしげで、かつ色っぽい顔が、今は快感の訪れにゆがんでいた。

すっきりした眉を八の字に折って、顔をのけぞらせながら、腰を前後に振って擦りつけながら、

「あっ……あっ……」

と、艶めかしい喘ぎをこぼす。

色っぽすぎた。

つい先日は、息子の嫁と同衾《どうきん》した。ひさしぶりのセックスに、燃えた。なのに、今は憧れの女将と同衾しているのだ。

ラッキーだった。この幸運がいつまでもつづけばいいのに……。

耕一もそろそろ自分で攻めたくなった。どうも受け身だけでは物足りなくなる。自分でがんがん突きたくなる。

上体を起こして、座位で千詠の乳房にしゃぶりついた。量感あふれる乳房を揉みしだきながら、チュ、チュッと吸うと、

「ぁああ、あっ……あっ……くぅぅぅ」

後ろに手を突いた千詠が顔をのけぞらせた。足を開いて、耕一の腰を挟み、乳首を舐め転がされるたびに、

「あっ……あっ……」

と、喘ぐ。

耕一は背中に手をまわして、そっと千詠を後ろに倒した。

その姿勢で、ぐいぐいと腰を躍らせる。

「あんっ、あんっ、あんっ……いいの。耕ちゃん、いいの……」

千詠は仰向けになって、両腕を万歳の形にあげる。

短いストロークで突くたびに、たわわな乳房がぶるん、ぶるるんと揺れて、セピア色の乳首も縦に動く。

耕一はもっと攻めたくなり、膝を抜いて、上体を立てた。

千詠の膝の裏に手を添えて、開きながら押しつける。赤い腰巻きがぱっくりと割れて、真っ白な太腿と膝が折れ曲がり、その付け根に自分のイチモツが突き刺さっている。

ゆったりと出し入れをすると、それが感じるのか、千詠は両手で枕をつかみ、顎を突きあげて、

「あんっ、あんっ、あんっ……ぁあああ、耕ちゃん、ウソみたいに気持ちいい。すごいわ、ほんとうにすごい……あぅぅぅ」

大きくのけぞって、仄白い喉元をさらす。

「俺もだよ。俺も気持ちいい……千詠ママとできて、最高だよ」

耕一が言うと、

「お上手ね。ほんと、意外だったわ。ただ無骨なだけと思っていたのに、そうでもないのね」

千詠が見あげてくる。

「……買いかぶりだよ。千詠さんが色っぽいから、自然にこうなる」

耕一は膝裏をつかんで押し広げながら、ぐいぐいとめり込ませていった。

安普請《やすぶしん》の二階がぎしぎしと音を立てている。

シーツが皺になっていき、それを千詠が握りしめた。

「あああ、ねえ、イキそうなの」

とろんとした目で見あげてくる。

その婀娜《あだ》っぽい表情が、耕一をかきたてた。

「俺も……俺も……」

膝裏をつかむ指に力がこもってしまう。

「そのまま……そのまま……ちょうだい。欲しいの。あなたの精液が欲しいの……いいのよ。出して……いいのよ……あんっ、あんっ、あんっ」

千詠が下から潤みきった目を向けてくる。

「行きますよ。千詠さん……千詠さん……ぁあおおぅ」

前のめりになって、思い切り叩き込んだ。

木の伐採をしていたせいか、腰は強い。いったん動き出したら、そう簡単にはへばらない。

つづけざまに上から打ちおろし、途中からしゃくりあげる。

ストロークの仕方を完全に思い出していた。

それでも、歳には勝てないのか、徐々に息が切れてきた。それを我慢して、なおも打ち据える。

「あんっ、あんっ、あんっ……ぁあああああ、来るわ、来る……そのまま……そのま……ぁあああ、イクぅ……イク、イク、イッちゃう……」

千詠が両手でシーツを鷲づかみにした。

「そうら……！」

最後の力を振り絞って、叩き込んだとき、

「ぁあああ、イクぅうううううぅぅ！」

千詠は仄白い喉元をさらして、のけぞり返った。

止《とど》めとばかりに打ち込んだとき、耕一も放っていた。

熱い男液が激しくしぶき、狭いところを押し広げられるような快美感が全身を貫いた。

放ちながら、なおも押しつける。

「ああ、また……！　くっ、くっ……あはっ！」

千詠はのけぞりながら、がくん、がくんと躍りあがった。

大きな動きが細かい痙攣に変わり、千詠は顔を横向きにして、裸身を震わせている。

打ち終えて、耕一は結合を外し、すぐ隣にごろんと横になる。

女性のなかに放ったのは、いつ以来だろう。

（俺もまだ、できるんだ……！）

自信がついた。それでも、ハアハアハアと荒い息はちっともおさまらない。

しばらくして、ようやく息が戻った。それを見計らったように、千詠が身体を寄せてきた。

汗ばんだ肌をくっつけて、胸板に顔を載せて言う。

「すごかったわ。いい意味で期待を裏切られた」

「……ああ、自分でもびっくりしているよ」

「今日は泊まっていったら？　どうせ、家に帰っても待ってる人はいないんでしょ？」

耕一はちょっと考えてから言った。

「それは悪いよ。もう少ししたら、帰るよ。代行タクシーで……」

「どうして？　帰っても、寂しいだけでしょ？」

「そうだけどね……」

そう答える耕一の頭には、祐美子の姿が浮かんでいた。

「残念ね。でも、もう少ししてからでいいでしょ？」

「ああ……」

千詠の顔がさがっていき、今はもうだらんとしたイチモツを勇気づけるように、キスをしてきた。

第四章　上京のとろけた夜

1

耕一はひたすら祐美子がM村にやって来るのを待った。

千詠ママとのセックスは素晴らしかった。

ひそかに恋い焦《こ》がれていた女性を抱いたのだから、この上ない悦びだった。だが、千詠には申し訳ないが、心が満たされていなかった。

それに……。

あれから毎晩のように『千詠』に通ったものの、千詠は身体を許してくれなかった。

『どうして？　あのときは、ママもすごく悦んでくれたじゃないか？』

訊くと、千詠はこう答えた。

『ゴメンなさいね。わたし、前からお客さんとは、一回きりと決めているの。あのときもそう言ったはずよ。今でも、ふとした折りに、耕ちゃんとのセックスを思い出すのよ。でも、店の女将は特定のお客さまとつきあうのは御法度《ごはっと》なの。他のお客さんが気づいたら、いい気持ちはしないでしょ？　だから、ゴメンなさいね。また、機会があったら、抱いてちょうだい。それまでは、オ・ア・ズ・ケ……』

肩が落ちた。同時に、これでよかったのだとも思った。

耕一が愛情を感じるのは、祐美子である。

初めて祐美子を抱いた夜、もう少しで気を遣りそうだったのに、自分のミスでそれを逃した。あと一歩で、祐美子は人生で初めてのオルガスムスに昇りつめることができたのに……。

それに、祐美子は夫の靖之相手にそれを試すというようなことを言っていたが、実際にしたのだろうか？　その結果はどうなったのだろう？

もしかしたら、もう自分の出番はないのかもしれない。

あれから、祐美子からの連絡はなく、それがまた焦りを募らせていた。

そして、夏の終わりに、原木シイタケの初収穫をしたとき、ふと思いついた。

（そうだ。これを祐美子に届けてやろう。それを口実に、一度、東京のマンションに足を延ばしてみよう。祐美子と実際に逢って……)

だが、収穫したシイタケを届けるだけでは、怪しまれる。

耕一は昔から野球が好きだから、プロ野球でも観に行くか。どうせなら、三人分の席を取って、家族で行こう。

そう思い立って、耕一は早速、東京ドームのチケットを購入した。レフト側のビジターの外野席しか空いていなかったが、三人分の席を取った。

二日泊まるつもりだった。

息子の家に連絡して、その旨を告げた。

電話に出たのは祐美子で、すごく喜んでくれた。

折り返しの電話で、一日目は、靖之も球場に行けるが、二日目は出張で家にはいないと言う。

耕一にはラッキーに思えた。

二日の夜には、祐美子と二人でいられるのだから。

九月の下旬に、耕一は上京した。

東京のベイエリアに立つタワーマンションの上階にある部屋に到着して、インターフォンを押すと、祐美子が出迎えてくれた。

まだ東京ドームに出かけるには時間があるので、ゆったりとしたノースリーブのワンピースを着ていた。

かるくウエーブした髪で、くっきりしているがどこか儚《はかな》げな感じのする顔立ちを目にした途端に、胸が熱くなり、いかに自分が祐美子に惚れているかがよくわかった。

「ひさしぶりだね……これ、山で採れたばかりのシイタケだから」

抱えてきた手提げ袋を差し出すと、

「すみません、ありがとうございます。食べるのが楽しみです……お疲れになったでしょう？　球場に行くまで少しお休みになってください」

祐美子が受け取って、いつもの柔和な笑みを浮かべた。

3LDKのマンションは夫婦が住むには充分すぎるほどにひろく、部屋もきちんと整理整頓されていた。おそらく子供ができたときのことも考えて、このひろさにしたのだろう。靖之はこのマンションを賃貸ではなく購入している。頭金を入れて、残りをローンで払っているらしいが、靖之が高給取りだからこそできることだ。

ベランダのある二十三階の窓からはレインボーブリッジが見えた。

「いつも思うけど、いいところだね」

窓から外の景色を見て、耕一が言うと、

「でも、長く住んでいると、景色ってあまり見なくなるようになるんですよ。この景色が当たり前になってしまって……」

祐美子が隣に並んできて、そう返してきた。

「……そういうものかね」

「ええ……」

耕一は思い切って、もっとも訊きたいことを口にした。

「あれから、どう？」

「どうって……？」

「靖之のことだよ。上手くいってるの？」

「……相変わらずです」

祐美子がぽつりと答えた。

「靖之はまだ浮気をしているの？」

祐美子がうなずいた。

「あっちのほうも、ダメだったってことか」

耕一は暗にセックスを念頭に訊ねた。

祐美子がうなずく。

「そうか……ダメだったか」

「わたしたち、基本的に合わないみたいです。すみません、お義父《とう》さまにこんなことを言って」

「いいんだよ」

耕一は隣の祐美子を抱きしめたくなった。だが、かろうじて自制した。

「長旅でお疲れになったでしょう？　どうぞ、ソファに座ってお休みください」

祐美子に言われて、総革張りのひとり用の黒いソファ椅子に腰をおろす。

すぐに、祐美子が緑茶を淹れて、出してくれた。お茶菓子には、甘納豆が添えてある。

お茶を一口啜って、その香りとあっさりしているが風味のある味に驚いた。

「うん、美味しい。祐美子さん、お茶の淹れ方が上手くなったね」

「前にうかがったとき、お義父さまにお茶の淹れ方を教えてもらいましたから」

そう言って、祐美子が正面のロングソファに腰をおろした。

胸元にゆとりのあるワンピースなので、湯呑みを取ろうと前に屈むと、ひろがった胸元から、仄《ほの》白い乳房の丸みがのぞいた。

膝をぴっちりと合わせて、足を斜めに流しているものの、裾が短いワンピースのせいか、むっちりとした太腿が見えてしまっている。

「お義父さま、離れのほうはどうなりましたか？」

祐美子が興味津々《しんしん》という顔で訊いてくる。

「ああ、だいぶできたよ。十二月には完成しそうだ。そのときは、真っ先に招待するよ」

「愉しみです」

祐美子がそう言って、足を組んだ。

無意識にやっているのだろうか？　裾がずりあがって、重なった太腿がかなり際どいところまでのぞいてしまっている。

そこに視線が向かいそうになるのを必死にこらえて、言った。

「球場には、靖之も来られるみたいだね」

「ええ……靖之さん、小さい頃にはお義父さまに随分と野球を教えてもらったと言っていました……」

「そうだな。教えたな」

「だけど、自分は野球が下手で、レギュラーも取れなくて、父の期待に応えることができなかったと……」

「そうか、そんなことを言っていたのか」

「はい……今日はせっかく父が席を取ってくれたんだから、多少無理をしても行きたいと、言っていました」

「そうか……」

靖之に野球を教えた頃のことを思い出していた。

(あの頃は楽しかった……)

なのに、自分は息子の嫁を抱いてしまった――。

胸が痛んだ。

「あの、そろそろ着替えますので。お義父さまはゆっくりしていてください」

祐美子が立ちあがった。


その日のナイターは白熱した接戦で、耕一も靖之も思わず腰を浮かして、応援していた。

ドーム球場は、どこか人工的で好きではない。野球は開かれた場所でプレーしたほうが気分がいい、観ているほうだって気持ちが解放される。

しかし、ドーム球場は雨天中止がないから、観客にとってはありがたい。

ビジター側の外野席で、選手の姿が小さい。それでも、全体が見渡せるし、ホームランが飛んできたときは、打球がぐんぐん近づいてきて、迫力がある。

耕一の影響を受けて、靖之もホームチームのファンである。そのホームチームが一点差で接戦をものにして、二人とも機嫌が良かった。

球場からの帰りに、居酒屋で酒を呑んだ。

テーブル席の正面に、靖之と祐美子が仲良く座っている。

こうして見ると、二人はお似合いの夫婦だ。

靖之はもともと野球が好きで、応援しているチームが勝ったので、饒舌になっている。父親とひさしぶりに試合を観たという悦びもあるのかもしれない。

祐美子も笑顔を見せて、親子の野球談義に相槌を打ち、時々、わからないことを訊いてくる。

傍《はた》から見れば、三人は理想的な家族に見えるだろう。

しかし、実際は夫は若いモデルとの浮気にうつつを抜かし、妻と義父は一度とはいえ、身体を合わせているのだ。

靖之も祐美子も耕一もその裏の部分を見せずに、にこにこして酒を酌《く》み交わしている。

「明日は出張なんだって？」

耕一が訊くと、

「ああ、撮影で四国へ行くんだ。前から決まっていたことだから、悪いね。せっかく来てもらったのに……」

「いいんだ。今日は一緒に野球も観られたしな」

「明日までうちに泊まるんだろ？　祐美子の手料理でもご馳走になってくれよ。原木シイタケは焼いたほうがいちばん美味いからな」

靖之が言って、

「はい……明日の夕食は、シイタケ尽くしにします」

祐美子が答え、耕一に微笑みかける。

「美味しそうだ。愉しみだよ」

そう答えながらも、耕一は上手くいけば、もうひとつの愉しみが待っているかもしれないと思っていた。

祐美子は、あのときはこの一回きりだと言っていたが、靖之とのセックスが上手くいっていないのなら……。

その夜、三人はゆっくりと呑み食いして、タクシーでマンションに帰った。

2

翌日の午前中に、靖之は四国に発った。二泊三日の出張だという。

午後から、祐美子の案内で浅草観光に行った。

二人は仲見世《なかみせ》で買物をして、浅草寺《せんそうじ》でお参りをした。それから、耕一が奮発して、粋《いき》な半纏《はんてん》をはおった若い車夫に引かれて、そのガイドを聞きながら、浅草界隈をまわった。

二人で人力車に乗った。

隣に祐美子を乗せて、人力車で揺られるのは、想像以上に快適だった。

祐美子も浅草を人力車で巡るのは初めてらしく、珍しくはしゃいでいた。

赤い膝掛けの下で二人の膝が触れあい、スカート越しに柔らかな弾力のある太腿を感じるだけで、股間のものが頭を擡《もた》げてきた。

今、祐美子にそこを触ってもらったら、どんなに気持ちいいだろう。耕一がスカートの内側をさすったら、祐美子はどんな反応をするのだろう？

様々な思いが脳裏をよぎった。

だが、祐美子に拒まれるのが怖くて、何もできない。

夕方にふたりはマンションに戻った。帰宅すると、祐美子が原木シイタケを酒のツマミに、調理してくれた。

バターで焼いた肉厚のシイタケを口に運ぶと、自分で作っておきながら、これ以上の食材はないと感じた。

よく冷えた瓶ビールを、祐美子が注いでくれる。

耕一も祐美子のコップを満たして、カンパイをする。

祐美子はノースリーブを着て、フレアスカートを穿いていたが、フィットタイプのニットで胸のふくらみが強調されていて、その豊かで急峻《きゅうしゅん》なラインを甘美に浮かびあがらせていた。

この前は、このたわわな乳房を揉みしだき、乳首を吸った。そして、祐美子は打てば響く様子で、それに応えた。

あのときは、もう少しでイキそうだった。

祐美子は靖之と試みて、結局、ダメだったという。

ならば、まだ祐美子は寂しがっているだろう。

(今、せまれば応じてくれるのではないか?)

だが、そう思うほどに硬くなってしまい、かえってギクシャクしてしまう。

しかし、どうにかしてそういう雰囲気に持っていきたい。

「こんなときに言うことじゃないけど、靖之はまだ例のモデルとつきあっているんだったね？」

祐美子がうなずいた。

「じゃあ、今夜もひょっとして、その女と？」

「ええ……今回は撮影旅行で、その彼女をモデルに四国の景色をバックに写真を撮るそうですから。彼女も少しずつ売れてきたようです。靖之さんはそのディレクターとして行っています」

「……そうか」

だったら、靖之は今夜、確実にそのモデルを抱くだろう。

「……だけど、靖之は祐美子さんがそれに気づいていることを知っているんだろ？よくそれで、平気で行けるね」

「……仕事ですから。わたしにもそう言っています」

「そうか……」

「お義父さま、そろそろご飯にしますか？」

祐美子がその話題を断ち切ろうとするかのように言った。

「ああ、そうしてもらおうかな」

祐美子が席を立ち、炊飯器からご飯を茶碗に盛って、運んでくる。

さっきまでとは違って、その表情が曇っている。やはり、忘れようとしていることを思い出してしまったのだろう。

「悪かったね、へんなことを思い出させてしまって」

「いえ、いいんです」

その後、耕一も祐美子も務めて明るく振る舞った。

シイタケをふんだんに使った煮物も、シイタケのベーコンチーズ焼きも絶品で、耕一は舌鼓《したつづみ》を打った。

夕食を終えて、しばらくリビングでテレビを見て休み、勧められるままに、先に風呂に入った。

(結局、このまま何もせずに帰るのか？　じゃあ、俺は何のためにわざわざここに来たんだ？　この前のように、祐美子が背中を流してくれればいいんだが……)

そんなことを思いながら、風呂から出て、来客用のパジャマに着替えた。

リビングで、祐美子が寛《くつろ》いでいるのを見て、

「あがったよ」

声をかけると、

「はい……わたしも入りますから。お疲れなら、部屋で休まれてください。明日はゆっくりでよろしかったですね？」

祐美子が言った。

「ああ……お……」

お休みと言いかけて、口を噤《つぐ》んだ。お休みとは言いたくない。

祐美子が微笑んで、バスルームに向かった。

（どうしよう？　どうしたらいい？）

シングルベッドで輾転《てんてん》としていると、祐美子が風呂からあがって、しばらくリビングにいたが、部屋に入っていく気配がした。

隣室の物音がおさまって、静かになると、いよいよ耕一は追い詰められた。

目を閉じると、あの夜のことが瞼《まぶた》の裏に浮かんだ。

（今夜も靖之はあのモデルと一緒だろう。祐美子さんだって、きっと寂しがっているに違いない。行くんだ。俺は何のために来たんだ！）

耕一はベッドを降りて、静かに隣室に向かう。

断崖絶壁から飛びおりる覚悟で、ドアを叩いた。

「はい……」

「入っていいか？」

「……どうぞ」

耕一がドアを開けて、部屋に入ると、部屋には二つのベッドが置いてあって、その一方のベッドに、白いノースリーブのネグリジェを着た祐美子が半身を立てていた。

やはり、ベッドは別々なのだと思った。

驚いたのは、ノースリーブの白いネグリジェはところどころにシースルーの生地が使ってあって、そこから肌が透けていることだ。

(いつもこんなエロチックな格好で寝ているのか？　違うだろう。ということは、俺のためにこのセクシーな格好を……？)

ならば、祐美子は耕一が夜這いに来ることをひそかに期待していたことになる。

「ゴメン……来てしまった」

おずおずと言う。

祐美子が布団をめくって、隣を示した。

「いいのか？」

祐美子が無言のままうなずく。

ここは、夫婦の寝室である。そこに、夫の父親である自分がいることに、違和感を覚えた。しかし、これはいつも祐美子の使っているベッドで、息子のベッドは隣にある。それが救いでもあった。

ピンクのシーツの敷かれたベッドにあがり、祐美子の隣に体をすべり込ませた。おずおずと右腕を伸ばすと、祐美子がその腕に頭を載せ、横臥するようにして耕一に抱きついてきた。

それだけで、耕一の股間はぐんと頭を擡げる。

数カ月前まで、排尿器官に堕していた愚息が、祐美子を感じると、それがウソのようにいきりたってくる。

「お義父さま、やっぱり、大自然の匂いがする。今日は干し草の匂い……」

祐美子が胸に顔を接したまま、言った。

「そうか……田舎の匂いだよ。祐美子さんはいつも甘くて、男を蕩《とろ》けさせるような香りがする」

「……ずっと、こうしたかったんですよ」

祐美子が上体を起こして、耕一のパジャマのボタンをひとつ、またひとつと外していく。

見ると、ネグリジェの大きく開いた襟元から、たわわな丸みが二つのぞいている。シルクらしいすべすべの白い生地から、ふくらみの頂上がぽちっと頭を擡げていた。

祐美子は、耕一のパジャマの上着の前を開いて、頬擦りしてきた。それから、顔をあげて、胸板にキスをする。

ウエーブヘアを耳の後ろにかきあげて、チュッ、チュッと窄《すぼ》めた唇を押しつけ、乳首を舐めてきた。

なめらかで湿った舌がぬるっ、ぬるっと這うと、ぞわぞわした戦慄が起こる。

祐美子の舌が這いあがってきて、首すじを舐め、そこから、おりていく。

また乳首を舌であやしながら、脇腹を撫でさすってくる。

「あっ、くっ……！」

くすぐったさが、すぐに快感に変わり、祐美子の手が脇腹から腰、尻にかけて撫でながらおりていく。

その手が、下腹部のものに触れた。

すでにギンとなったものをつかんで、ハッとしたようにいったん手を引き、今度はおずおずと握ってくる。

胸板を舐めながら、ゆったりと分身を握りしごかれると、体の底から甘い陶酔感がひろがって、それが、ますますイチモツを硬くさせる。

「お義父さま、いつもお元気ですね」

祐美子が胸板に口を接してまま、言う。

「あなたのお蔭だよ。祐美子さんが俺を目覚めさせてくれた」

言うと、祐美子ははにかみ、耕一のパジャマのズボンとブリーフを脱がせた。そして、横から顔を寄せてきた。

「ぁああ、お義父さまの匂い……」

祐美子は男性器の匂いを吸い込んだ。それから、ちろちろと舐めてくる。

仰向けに寝た耕一と直角の角度で這うようにして、イチモツに舌を走らせているので、祐美子の肢体を真横から見ることができた。

白いシースルーのネグリジェが女豹のポーズをした肢体を、包み込んでいる。

「見せてほしいんだ。ネグリジェをめくっていいかい？」

耕一が訊くと、祐美子は少しためらってから、うなずいた。

おずおずと手を伸ばして、ネグリジェの裾をまくりあげていく。白い生地があがっていき、神々しいほどのヒップが見えた。

ヒモパンのような白いパンティを穿いていて、見事なまでにくびれた細腰から、パンと張った尻がひろがっている。横から見ているせいか、そのしなやかな曲線がいっそう強調されて、セクシーだった。

下半身はヒモパンだけで、ノーブラの乳房がシースルーの布地からその形や乳首の突起がわかるほどに、透け出している。

そして、祐美子はいきりたちを頬張り、ゆっくりと顔を打ち振る。

ベッドサイドのテーブルに置かれた傘つきのランプが、その様子を浮かびあがらせている。明かりを受けた尻が白々とした光沢を放ち、祐美子が唇をすべらせるたびに微妙に揺れている。

黒髪が垂れ落ちて、咥えているところは見えない。

と、それに気づいたのか、祐美子はこちら側の髪をかきあげて、耳の後ろに束ね、横顔を見せてくれた。

上気した頬が骨の浮き出るほどに凹んでいる。亀頭冠を中心につづけざまに吸いあげられた。ジュルル、ジュルッと淫靡な唾音がして、唇の振幅のピッチが徐々にあがっていく。

根元をぎゅっと握りしめている。

余った部分に唇を往復させ、吐き出して、ちゅっ、ちゅっとキスをする。

いったん顔をあげて、唾液を落とした。

命中した唾液を、鈴口を押し広げるようにして、尿道口に塗り込める。そうしながら、肉茎を握って、ぎゅっ、ぎゅっとしごいている。

その一連の行為を、祐美子は一生懸命にしている。

祐美子は男に奉仕をすることで、悦びを覚えるのだろう。男が感じてくれれば、自分もうれしいのだ。

これほどに一途で愛らしい女性を、放っておく靖之の気持ちがまるでわからない。

(ダメだ。あいつは……！)

きっと今日も、四国で若いモデルに枕営業されて、自分は偉い男だと勘違いしているのだろう。

(祐美子さん、俺があなたをイカせてやる。天国に昇らせてやるからな)

3

祐美子を仰向けに寝かせて、耕一は上から女体を慈《いつく》しむように愛撫していた。

ノースリーブから突き出たほっそりと長い腕を頭上にあげて、あらわになった腋の下を舐める。

「いやいや……そんなところ、恥ずかしい……いやいや、お義父さま……あうぅぅ」

いやがっていた祐美子の顎が突きあがった。

感じているのだ。祐美子は感受性が強い。

耕一は腋窩から二の腕にかけて舐めあげる。内側のややゆとりのある二の腕は触っていても柔らかくて気持ちいい。

そこに、キスを浴びせ、舌を走らせる。

そのまま舐めあげていき、祐美子の指をしゃぶった。細くて、関節のふくらみの少ない、すらりとした指を、一本ずつ頬張る。

「ああ、やめてください……お義父さま、こんなこと……あん、ぁあああ」

指の狭間の水搔きに舌先を突っ込んで、ちろちろとさせると、祐美子は顔をのけぞらせる。

「こういうことを、されたことはないの？」

訊くと、

「はい……初めてです」

祐美子が答える。

せっかくこれほどの敏感な肉体を持ちながら、祐美子はこれまで男に恵まれなかったのだろう。

耕一は自分がそれほどセックスが上手いとは思わない。が、このくらいはできる。愛する女性を愛《め》でたいという気持ちがあれば、何だってしたくなるはずだ。

耕一は手を放して、胸のふくらみに顔を寄せた。

V字に切れ込んだ襟元では丸々とした二つの隆起がせめぎあっていて、それを見ながら、敢えてネグリジェ越しに乳房をつかみ、その頂上に舌を走らせた。

ゆっくりと舐めるうちに、シースルーの生地に唾液が沁み込んで、そこが変色して、べっとりと張りつき、乳首の形や色が透け出てきた。

さらにそこを舐めると、

「ぁあああ……あああ……お義父さま、感じます。すごく感じます……ぁあああ、恥ずかしい……」

祐美子は羞恥の声を洩らしながら、ネグリジェの張りつく下腹部を静かにせりあげる。

「あそこも触ってほしいんだね」

「はい、はい……」

祐美子はぐいぐいと恥丘を持ちあげて、焦《じ》れったそうに横に振る。

祐美子ももう二十九歳。肉体は熟れきっているのだ。

耕一は乳首を吸いながら、ネグリジェ越しに太腿の奥へと手を運んだ。湿っている柔らかな箇所を指でさすりあげると、

「はうぅぅぅ……！」

祐美子は嬌声をあげて、いけないとばかりに口を手の甲で覆う。

もう準備はととのっているのだ。

M村から東京に戻って靖之に抱かれ、やはり自分が感じないとわかったときから、耕一を求めていたのだろう。それならそれで、早く言ってくれればよかったのだ。

だが、女の口からそれはなかなか切り出せないのだろう。ましてや、祐美子にとって耕一は夫の父親なのだから。

乳首を舐めながら、股間をさすると、祐美子はもう我慢できないとでも言うように喘ぎ、のけぞり、足を突っ張らせる。

耕一はネグリジェを腰までおろした。

ぶるんとこぼれでてきた乳房はこれぞ美乳と言うのだろう、たわわでありながらも

形よく盛りあがっている。上の直線的な斜面を下側の充実したふくらみが押しあげて、透きとおるようなピンクの乳首がツンと頭を擡げていた。

思わす、しゃぶりついていた。

柔らかくて、たわわなふくらみを揉み込みながら、頂《いただき》にちろちろと舌を走らせる。チューッと吸うと、

「ぁあああ……！」

祐美子はこちらがびっくりするような声をあげて、いけないとばかりに口を手でふさぐ。

「気持ちいいのかい？」

「はい、すごく……」

「ずっと、こうされたかった？」

「はい……でも、自分では言い出せなくて……お義父さまがいらしてくれて、うれしかった……」

「そうか……これからは、すぐに連絡してくれていいんだよ」

嬉々として、耕一は左右の乳首を交互に舐めしゃぶる。

そうするうちに、祐美子は乳首をやや強めに愛撫されるほうが感じることがわかっ

た。指腹で強めに挟んで転がし、反対側に舌を這わせる。乳首の根元をかるく甘嚙みすると、

「あくっ……！」

祐美子はがくん、がくんと身体を震わせる。しごくように乳首を吐き出すと、

「ぁあああ……！」

甘美な声をこぼして、顔をのけぞらせる。

今度は一転して、乳首をやさしく舐める。次はまた強めに指でねじり、甘嚙みして吐き出す。それを繰り返しているうちに、祐美子はもう何が何だかわからないといった様子で、耕一にしがみつき、腰を妖しくくねらせる。

「欲しいのかい？　これを、入れてほしい？」

下腹部の勃起に手を導くと、祐美子はそれをぎゅっと握って、

「欲しい……欲しい……欲しい！」

自分の下腹部に導こうとする。

「その前に……」

耕一は移動して、ネグリジェをまくりあげ、白いヒモパンに手をかけて、結び目をほどいて抜き取った。さらに、枕を腰の下に置いて、両膝をすくいあげる。

「ぁあああ、ダメです……！」

祐美子がとっさにそこを手で隠す。

その手を外して、翳《かげ》りの底に顔を寄せた。

細長い陰毛が流れ込むあたりに、女の証《あかし》がほころびはじめていた。

波打っている陰唇がわずかにひろがって、内部の赤いぬめりがのぞいている。

ふっくらとした肉びらの狭間を舐めた。

ツーッ、ツーッと舌を走らせると、花びらが開いて、蜜まみれの雌芯があらわになり、さらにそこに舌を這わせると、

「ぁああ……気持ちいいんです。気持ちいいんです……ぁああああ、おかしくなる」

祐美子が顎をせりあげるのが見えた。

上方のクリトリスを舌でかわいがった。三角帽子をかぶった突起を下から舐めあげ、指で帽子を脱がせた。あらわになった珊瑚《さんご》色の真珠をちろちろと舌でかわいがると、
祐美子の様子が変わった。

「あっ、あっ、あんっ……ダメ、ダメ、ダメ……いいの。いいの。すごくいい……ぁあああ、おかしくなっちゃう。わたし、おかしくなっちゃう！」

祐美子が首を左右に振る。

「いいんだよ。おかしくなっていいんだよ」

耕一はクリトリスを舌であやしながら、いったん右手の中指をしゃぶって、唾液で濡らした。

挿入する前に指で敏感な箇所を刺激しておくと、膣はいっそう感じやすくなると聞いたことがある。

右手の中指を慎重に膣口にあてがった。

ひくひくっとうごめくそこに狙いをつけて、押し込んでいくと、入口がほどけて、ぬるりと指が吸い込まれていき、

「あうぅ……！」

祐美子が呻いた。

「大丈夫だよ。指一本だからね。ああ、すごいよ。祐美子さんのオマンコがひくひくって締めつけてくる。ここを愛撫していくと、なかが感じやすくなるそうだからね」

そう言って、第二関節まで押し込んだ指をくるりと返して、指腹を腹のほうに向ける。

そぼ濡れた粘膜が波打つようにして、中指にからみつき、ひくひくっと内側へ手繰

りよせようとする。

（すごい……指が吸い込まれていく）

耕一は第二関節から指を鉤形《かぎがた》に曲げて、膣の天井を擦った。

ここは女性がもっとも感じる箇所だ。女性はここを擦られて、気を遣る。

耕一は尺取り虫みたいに指を動かして、膣をなぞりながら、クリトリスを舌であやした。

祐美子のいちばんの性感帯はクリトリスだから、それに膣の刺激を加えれば、内部の性感帯も目覚めるかもしれない。

肉芽を舌で弾きながら、膣の天井を擦った。

時々、ノックするようにGスポットを弾き、かるく押す。

二箇所攻めをつづけているうちに、明らかに祐美子の気配が変わってきた。

「あああ、感じるの……感じるの……ぁあああ、あうぅぅ」

そう喘ぐように言って、枕の上で腰を揺らめかせて、感じるポイントを擦りつけてくる。

「どうしたら、いい？　どうしたら、もっと感じるんだ？」

舌を接しながら、訊いた。

「……吸って、吸ってください……」

祐美子が言う。

どうやら、祐美子は強い刺激のほうが感じるらしい。乳首もそうだった。

「こうだな？」

尖っている箇所を口に含んだ。チューッと吸いあげると、

「いやぁああああ……あっ、あっ！」

祐美子が甲高《かんだか》い声を放って、のけぞった。

膣の入口が締まって、指を食いしめてくる。なかが、うごめいて、指をぎゅ、ぎゅっと締めつけてくる。

のけぞった肢体が震えはじめた。

気を遣るのかもしれない。

もう一度、今度は断続的に吸った。チュッ、チュッ、チューッと肉芽を吸い込みながら、指で膣の天井を擦りあげた。

「あっ、ああっ、イキます……」

耕一がさらに肉芽を吸い込んで、指で天井を擦りあげたとき、

「くうっ……！」

祐美子は大きくのけぞり、膣が指をびくびくっと締めつけてきた。

気を遣っているのだろうか、祐美子はのけぞりながら痙攣し、それから、嵐が通りすぎたようにがっくりと腰を落として、動かなくなった。

4

「イッたね？」

確かめると、祐美子は「はい」とうなずく。

「すごかった。なかが指を締めつけてきたよ」

「……恥ずかしいわ」

「恥ずかしがることじゃないさ。クリと中でイッたんだから、きっと中だけでも大丈夫だよ」

祐美子の回復を待って、耕一はふたたび膝をすくいあげて、クンニをした。

イッて敏感になっている狭間を舐めあげると、それだけで、

「ああああ、気持ちいい……気持ちいい……」

祐美子は自分で膝をつかんで開き、舐めやすいようにして、腰をくねらせる。

さらに、クリトリスを舌で刺激する。

「あんっ、ぁあああああ……感じる。すごく感じる……お義父さま、欲しい」

祐美子がとろんとした目で見あげてくる。そのさしせまった様子を見て、突然、意地悪をしたくなった。自分は隠れSなのだろうか、時々、こういう状態になる。

「何が欲しいの？」

「……意地悪だわ。お義父さま、意地悪……」

「何をどこに欲しいの？　祐美子さんから聞きたいんだ。頼むよ」

祐美子はためらっていたが、やがて、呟いた。

「お、チンチン……」

「誰の？」

「……お義父さまの」

「つづけて言ってごらん」

「……お義父さまのおチンチン……いやっ」

「それをどこに欲しいの？」

祐美子が恥ずかしそうに顔を両手で覆った。

「……言えない」

「言ってほしいんだ」

「……ゆ、祐美子のおマンマン……」

「よく言えたね。偉いぞ。つづけて言ってごらん」

「……お義父さまの、おチンチンを……祐美子のおマンマンに……」

「入れてほしいの？」

「はい……入れてください」

「偉いぞ、よく言えた……」

祐美子の従順な姿を見ていると、心の底に潜んでいたものが頭を擡げてきた。

恥ずかしいことを言わされながらも、祐美子は本心からいやがっているようには見えない。おそらく、M的なところがあるのだろう。だいたい女性の多くは、マゾだ。そうでなければ、男の禍々《まがまが》しいペニスを受け入れることなどできない。

それに、男性ホルモンの多い男はS的になる。自分もおそらくそうだろうと耕一は思っている。

祐美子の脱げかかっていたネグリジェを落とした。一糸まとわぬ姿になった祐美子が恥ずかしそうに股間を隠す。

そんな祐美子をベッドに這わせて、自分は床に降りた。

後ろから打ち込むには、こうしたほうが全身を使えてやりやすい。

我が家は基本的に和室に布団だが、亡妻とともに、ホテルの洋室に泊まったときに習得したやり方だった。

「もう少し、こっちに……」

言うと、祐美子が足を後ろに引きながら、尻をもこもこさせて向かってくる。ベッドのエッジまで来て、

「これ、すごく恥ずかしい」

祐美子がうつむいた。

「きれいなお尻だ。丸々として、パンと張っている。それでいて、すごく柔らかい」

耕一はすべすべの尻を撫でまわし、いきりたつものを尻の狭間にすべらせていく。

落ち込むところがあって、じっくりと腰を突き出していくと、切っ先がぬかるみを割って押し入っていき、

「はうぅぅ……！」

祐美子が背中をしならせた。

昂《たかぶ》った気持ちを抑えきれずに、ズンッと突いた。先が深々と嵌《は》まり込み、子宮口を突いたのだろう。

「うあっ……！」

祐美子が苦しそうに、腰を前に逃がそうとした。

「ゴメン……もうしないから」

祐美子が奥を突かれると、苦しいことを思い出して、耕一は浅瀬をピストンする。

途中まで入れて、そこで素早く引く。腰を引くほうに力を入れる。

亀頭冠のエラがとても窮屈な肉路を引っ掻くようになって、それがいいのか、

「あん、あん、あん……ぁああ、気持ちいい……お義父さま、これ好き……」

祐美子が言う。

「そうか……好きか？」

「はい……好き。ぁあああ、どんどん気持ち良くなってきます。ぁあああ、もっと、もっと欲しくなる」

焦れったくなったのか、祐美子が自分から腰を突き出してきた。と、切っ先が奥に当たって、

「あんっ……！」

祐美子はひくひく痙攣しながらも、

「やっぱり、ダメ……」

弱音を吐く。

「思ったんだけど。祐美子さんは多少刺激的な形でしたほうが、感じるような気がするんだ。そんな気はしないか？」

「……そうかもしれません」

「だったら、その窓のところでしないか？　夜景を見ながら……ひょっとして、靖之にもそうされたことがある？」

「……ええ」

「そのときはどうだった？」

「感じました、すごく。でも、靖之さんがすぐに出してしまって……」

「それなら、可能性はある。いったん抜くからね」

耕一は、ネグリジェを脱がせた祐美子を窓のほうに連れていく。

「カーテンを開けるよ。いいね？」

「はい……少しだけなら」

「このくらいでいいね」

耕一は遮光カーテンとレースカーテンを一メートルほど開けた。

タワーマンションの窓からは、ベイエリアの夜空が臨めた。星がきらめき、満月が中空にかかっていた。そして、眼下にはブルーの照明に浮かびあがったレインボーブリッジが光っている。

「見られそう……」

祐美子がためらった。

「見えないと思うよ」

サッシのガラスに、両手を突かせて、腰を後ろに引き寄せた。

ガラスに二人の姿が映り込んでいる。

「いや……」

祐美子が窓に映っている自分を見て、羞《は》じらった。

鏡と化したガラスに、祐美子の白い肌と、斜め下を向いた乳房がぼんやりと映り込んでいる。

田舎に住んでいるから、たまにしか都心には出ない。そのときも、窓に自分たちを映して、まぐわったことはない。

（こんなに、いやらしいんだな……）

初体験にドキドキしつつ、白々とした尻の底に屹立を押しつけた。嵌めようとしたが、なかなか入らない。

「ゴメン。もっと尻をこっちに……」

言うと、祐美子が手を突く位置を低くして、ヒップをぐっと突き出してきた。

丸々として豊かな双臀を見ながら、硬直をあてがう。耕一もすでに六十五歳。こんなに長く勃起しつづけているのが不思議でしょうがない。

きっと、祐美子が相手だからだ。

耕一の分身自体が、祐美子に欲情してしまっているのだろう。

位置をさぐって、じっくりと埋め込んでいく。切っ先が潜り込んでいき、

「くっ……！」

祐美子の顔が撥ねあがった。

女の体内はいっそう温かさを増し、まだ入れただけなのに、それを歓迎するかのようにざわめきながら、からみついてくる。

耕一は両手で腰をつかみ寄せて、ゆっくりと腰をつかう。

あまり深いところを突かないように注意して、途中までの抜き差しを繰り返した。

「ぁああ、ああああ、気持ちいい……お義父さま、ほんとうに気持ちいいの……ぁあああああうぅぅ」

祐美子が心から感じているという声を出した。

前を見ると、鏡と化したガラスに二人の姿が映り込んでいる。両手をガラスに突いて支えながら、打ち込まれるたびに、下を向いた乳房を揺らし、

「あっ……あっ……あっ……」

祐美子は時々顔をあげて、ガラスのなかの自分を見つめ、恥ずかしいのか、すぐに顔を伏せる。

そして、その湾曲した背中と大きな尻の向こうに、耕一が立って腰をつかう姿が映っている。

白くなった髪、皺だらけの顔……。

見ていられなくなって、耕一は自分から目を逸《そ》らす。

もっと深く、突き刺して、祐美子をよがらせたくなる。このままではそうしてしまいそうで、祐美子の胸をつかんだ。

両手で双乳を鷲づかみにして、荒々しく揉みしだいていると、祐美子も上体を斜めになるまであげて、揉みくちゃにされている自分の乳房を可哀相という顔で見る。

そして、片手を耕一の頭の後ろにまわし、尻をいっそう突き出した格好で、

「ああ、わたし、こんな格好で……」

ガラスのなかの自分をぼぅとした目で見る。

「祐美子さん、きれいだよ。きれいだけど、すごくいやらしい……昂奮するよ。あなたを見ているだけで、たまらなくなる。どうしていいのかわからなくなる」

「ぁああ、お義父さま……もっと、もっと突いてください」

「いいのかい？」

「はい……欲しい。お義父さまのおチンチンを奥まで欲しい。貫いてほしい」

祐美子がガラス越しに、耕一を見た。

耕一は胸から手を離して、片方の手を後ろに引き、その姿勢で思い切り腰を叩きつけた。

屹立が深いところに突き刺さっていき、

「ぁああ、あぅ……あぅ……あぅ……」

祐美子は苦しげな声を洩らしながらも、必死に腰を突き出しつづけている。

「大丈夫か？」

「はい……平気です。ぁあああああ、許して……もう、許して……」

祐美子が奥歯を食いしばって耐えているのがわかる。

「……ベッドに行こう」

耕一は腰をつかみ寄せ、抜けないように下腹部を押しつけながら、方向転換して、祐美子をベッドに連れていく。

立ちバックで後ろから貫かれながらも、祐美子は一歩、また一歩と床を歩き、ベッドにたどりついた。

と、祐美子はもう耐えられないといった様子で、ベッドに倒れ込んで、はあはあはあと息を切らしている。

ぐったりとしながらも、時々、痙攣するその裸身——。

耕一もベッドにあがり、ふわふわの枕を祐美子の腰の下に置き、すらりとした足をすくいあげた。

あらわになった花芯が妖しいほどに濡れて、ランプの明かりをぬらぬらと反射させている。

結合して間もない膣がわずかにほどけて、赤い粘膜をのぞかせ、それが耕一を駆り立てた。

埋め込んでいくと、とろとろに蕩けた粘膜が包み込んできて、

「ぁあああ、おかしくなる。お義父さま、わたし、おかしくなる」

祐美子のさしせまった声が聞こえる。

「いいんだよ。おかしくなって……」

耕一は足を放して、覆いかぶさっていく。

腕立て伏せの姿勢で、足を伸ばして、静かに抽送《ちゅうそう》を繰り返した。

この体勢だと深いところには届かないから、安心して腰をつかえる。

「ぁああ、あああああ……ぁあああああ……」

祐美子は陶酔した声を長く伸ばして、もうどうしていいのかわからないといった様子で、両手を顔の横に置いている。

抱きしめたくなって、耕一は右手を首の後ろにまわし込み、ぐっと引き寄せる。二人の身体が密着して、そのたわわな乳房を胸板に感じる。

すると、祐美子がキスを求めてきた。

耕一も応じて、唇を重ねる。すぐに祐美子の舌がすべり込んできて、耕一の口腔を舐めてくる。

（ぁああ、祐美子さん……！）

耕一も下手なりに舌をからませる。

今、抱いている女が息子の嫁であることは、頭の隅にある。年齢だって、耕一が六十五歳で、祐美子が二十九歳とかけ離れている。そんな二人が身体を合わせるなど尋常なことではない。そんなことはわかっている。だが、こうしていると、そんなことはどうでもよくなってしまう。

長いキスを終えて、耕一は祐美子の首すじにキスをする。そのキスを乳房へとおろしていく。

背中を曲げるようにして、ふくらみにキスを浴びせ、しこり勃《た》っている乳首を舐めた。舌を上へ上へと走らせると、硬い乳首が撥ねて、

「あっ……あっ！」

祐美子は顎をのけぞらせながらも、耕一の頭と背中にまわした手に力を込める。

左右の乳首を舐め、吸った。強く吸いあげると、

「ぁあああ……！」

祐美子は嬌声をあげて、ぐっと抱きしめてくる。

さらに吸うと、祐美子が震えはじめた。

「あっ……あっ……」

切れ切れに喘ぎながらも、動かしてください、とばかりに下腹部をせりあげる。

イキたがっているのだと思った。

耕一は胸から顔を離して、ゆっくりと腰を揺すった。

浅瀬を捏ねてから、徐々にピッチをあげていく。奥には届かせないで、途中までの

ストロークを繰り返す。

抜けるように白い肌がぶるぶると震え、祐美子はもう声を出すこともできないといった様子で、息をひたすら吸っている。

「イキそうか？」

おずおずと訊ねると、

「はい……イキたいの。イカせてください」

祐美子が涙目で哀願してくる。

耕一も抑制したピストンを繰り返している間に、甘やかな愉悦が射精前に感じるジーンとしたものに変わった。

「ぁあぁ、気持ちいい。俺も、俺も気持ちいい……ぁあぁあ、祐美子さん、祐美子……！」

耕一は深いところに打ち込みたいのをこらえて、途中までのストロークを繰り返した。

「ぁあぁ……ぁあぁあぁ……怖いの、怖い……」

「怖くない。いいんだよ。自分を解放していいんだよ」

そう言いながら、耕一はたてつづけに腰をつかう。ごく自然にストロークのピッチがあがり、蕩けた内部が亀頭冠にからみついてきて、いよいよ、さしせまってきた。

がむしゃらにストロークを繰り返していると、祐美子が両手でシーツを鷲づかみにした。

「イクんだわ。わたし、イクんだわ……」

「いいんだよ。イッていいんだよ。自分をさらしなさい」

「はい……わたし、お義父さまの前なら何でもできる……あん、あんっ、あんっ……イク、イク、イクぅ……やぁあああああああぁぁぁぁ！」

祐美子が激しくのけぞって、シーツが皺になるほどにつかんだ。

顎を突きあげ、何かにとり憑かれたように腰をがくん、がくんと揺らしている。

(ああ、イッたんだな！　ついに祐美子を……おおぅ、俺も……！)

駄目押しとばかりに深いところに押し込んだとき、扁桃腺《へんとうせん》のようなふくらみがからみついてきて、耕一も放っていた。

ドクッ、ドクッと分身が脈打ち、熱い男液がしぶいていくその歓喜……。

「あああ、祐美子さん……！」

名前を呼びながら、放ちつづけた。

精液ばかりか、魂まで抜け出していくような快美感に、身を任せた。

終えると、自分が脱け殻になったようだった。

どっと前に倒れ込んで、祐美子を抱きしめる。はあはあはあと荒い息づかいがちっともおさまらない。

ようやく息が戻り、あまり体重をかけすぎてもつらいだろうと、結合を外して、すぐ隣にごろんと仰向けに寝た。

冷房が入っているのに、汗が滝のように流れて、目に入る。

と、祐美子が汗をタオルで拭いてくれた。

「ありがとう」

お礼を言って、右手を伸ばすと、祐美子が腕枕されながら耕一のほうを向いた。

「……わたし、初めてイキました」

肩と胸の中間地点に顔を載せて、耳元で言い、恥ずかしそうにしがみついてくる。

「……よかった。ほんとうによかった」

抱き寄せると、

「身体が浮かびあがるようでした」

そう言って、祐美子はぎゅうとしがみついてきた。

第五章　誘惑ユーチューバー

1

信州に帰って、耕一は露天風呂付き離れの建築に精を出した。どうにかして今年中に完成させて、祐美子を呼びたかった。

東京の息子のもとを訪ねてから、もう一カ月が経過する。

秋になって、原木シイタケの収穫が最盛期を迎えている。シイタケの収穫をして市場に出し、同時進行で離れを作るのは、かなり大変だった。

しかし、今はそれが苦しいとはちっとも思わない。

シイタケを東京の祐美子に送ってやると、祐美子は必ずお礼の電話をくれる。

耕一は一カ月過ぎても、まだ、自分の体の下で昇りつめていった祐美子の表情や声をはっきりと思い出すことができた。

祐美子は生まれて初めて、男相手にオルガスムスに達したのだ。自分が祐美子を女にしたのだ。

耕一は祐美子の義父であり、道義的に絶対にしてはいけないことを、している。だから、これは二人だけの秘密だ。絶対に他人にばらしてはいけない秘密のなかの秘密だ。

そんな秘密を共有することで、二人の結びつきは強くなった。今、二人の間には太い絆《きずな》がある。

だからといって、二人は度々逢えるわけではない。

『シイタケの収穫もやらせてあげるから、一度、いらっしゃい』

電話でそう誘ってみたものの、最近は靖之の束縛が強くなっているらしい。

靖之は、祐美子に男の匂いを嗅ぎつけたらしく、祐美子のスマホではなく、家の電話に時々連絡を入れ、すぐに出ないと、何をしていたんだ、と執拗に問い詰めてくるらしいのだ。

祐美子が中イキをして、何かが変わったのだろう。

その雰囲気やフェロモンの微妙な変化を、靖之は感じ取っているのだ。

しかし、まさかその相手が自分の父親だとはつゆとも疑っていない様子だという。それはそうだ。自分が息子だとしても、まさか父親が妻に手を出すなど、絶対に思わない。いや、疑いをかけてはいけない関係なのだ。

いずれにしろ、今のところ、ひとりで信州に来るのは難しいと祐美子は言う。義父の家に行くという名目で、男と逢っていることも考えられるからだ。

しかし、離れが完成したら、それを口実に祐美子は来られる。もし靖之が多忙なら、祐美子だけを呼んでもいい。むしろ、そのほうがいい。

だからこそ、耕一は離れの建築に夢中になっていた。

そんなとき、友人で再婚したばかりの堤田省三から、紹介したい人がいるから、小料理屋『千詠』で逢わないかという連絡が入った。

何者なのかと訊いたのだが、堤田には『それは逢ったときのお愉しみだよ。悪い話じゃないから、安心しろ』と、かわされた。

『千詠』にはしばらく顔を出していなかったから、耕一は時間より早く店に行った。

カウンターに腰をおろすなり、

「あらっ、耕ちゃん。しばらく顔を見せてくれなかったじゃないの？」

千詠が声をかけてきた。いつものように婀娜っぽい着物を着て、帯を締め、髪を結いあげている。

一度だけとはいえ、耕一は千詠を抱かせてもらっているから、ドキドキしてしまう。

「ゴメン。今、シイタケの収穫と離れ作りで忙しくて……夜になると、もう体力がなくてね」

「そう？　そのわりには、どこか吹っ切れた顔をしてるわよ。何かいいことがあったんじゃないの？」

さすがに、千詠の観察眼は鋭い。見抜かれている。

ビールを呑んでいると、カウンターのなかで千詠が言った。

「そうそう……これから、堤田さんが連れてくる女の子、わたしの遠い親戚なのよ。相談されて、ここへの移住を勧めたのもわたしだから、よろしく頼むわね」

「えっ……女の子なの？」

「そうよ。何も聞いてないの？」

「ああ、紹介したい人がいるとだけで……」

「そう……」

そのとき、ガラス戸が開いて、長身痩躯の堤田が入ってきた。その後ろには、小柄な若い女が立っている。

「あらっ、安奈《あんな》ちゃん、いらっしゃい！」

千詠がそう声をかけたから、女は安奈と言うのだろう。

背が低い。百五十数センチといったところだろう。ざっくりしたセミショートの髪がよく似合う、かわいい顔をしていた。

美人の千詠ママの遠い親戚ということもあるのか、顔はととのっていて、若干ふっくらしている。しかも、この季節だというのに、太腿丸出しのショートパンツを穿いている。

「紹介するよ。彼女、一カ月前にここに移住してきたんだ。自己紹介して」

堤田にうながされて、

「永澤《ながさわ》安奈と言います。二十五歳です。移住してきたばかりで、右も左もわかりませんが、一生懸命やります。いろいろと教えてください。よろしくお願いします！」

安奈がはきはき言って、大きく頭をさげた。

やたら元気のいい、感じのいい子だと思った。

小柄だが、半袖ニットに包まれた胸はデカい。巨乳と言ってもいい。

二人は耕一を挟んでカウンター席につく。堤田が言った。

「安奈ちゃん、聞いたとおり、東京から移住してきたんだ。で、お前を見込んで頼みたいことがあるんだ……シイタケ栽培を教えてやってくれ。いや、教えるというより助手に使ってくれれば、彼女も自然に覚えるだろう。頼むよ、このとおりだ」

堤田が頭をさげた。

「つまり、省三は役場で移住の係をしているから、この子の面倒を見ているってことだな？」

「そうだ。彼女、自給自足をしたいらしいんだ。それで、農業は別の人に頼むとして、耕一にはシイタケ栽培のレクチャーを頼みたいんだ。シイタケ栽培に興味があるんだよな？」

「はい、すごく……シイタケ大好きですし、原木栽培されたシイタケはいちばん好きなんです。だから、自分でも作りたいんです。わたしの先生になってください、お願いします」

隣で、安奈が額をカウンターに擦りつけた。

ニットの襟元から丸々としたふくらみがのぞいていて、目の遣り場に困った。

視線を戻して、きっぱりと言ってやった。

「今、ちょうど収穫時だから、いちばんいいときかもしれないが……自分のシイタケを作るなら、原木の用意と菌植えをしなきゃいけないから、今から初めて収穫までに二年かかるぞ。時間がかかる。途中で投げ出すようなら、最初からしないほうがいい。とっとと東京に帰ったほうがいい」

「……わたし、投げ出すようなことは絶対にしません。それに土いじりが好きで、東京でもベランダでトマトとか作っていました。遊びで移住したんじゃなくて、ここに永住するつもりで来たんです。だから、絶対に途中で投げ出しません」

安奈がまっすぐに見つめてきた。

（ほお……やる気はあるんだな）

感心していると、堤田が言った。

「じつは、安奈ちゃん。ユーチューブもやっているんだ。ユーチューバーってやつ？それでさ、彼女が移住して、一から農業を学んでいくところをユーチューブで流したいって言うんだ。もちろん、シイタケ栽培も……今、ユーチューブってひとつの大きな力だからさ。安奈ちゃんがうちの村を宣伝してくれれば、こちらも助かるしな。耕一のところのシイタケだって、原木栽培のやり方や、育っていくところを流せば、新たに注文が入るかもしれないし……俺は可能性があると踏んでいるんだ。だから、頼むよ。面倒を見てやってくれないか？」

堤田が身を乗り出してきた。

耕一もどうにかパソコンを使える。スマホだって持っている。もちろん、ユーチューブがどんなものかも実際にその映像を見て、知っている。だが、面倒であることは確かだ。

「だけど、今、忙しいんだよな。離れも作っているしな」

「だからこそだよ。教えるんじゃなくて、手伝いをさせると考えればいいさ。安奈ちゃん、まだユーチューブの登録者数は数千人ってとこだけど、移住生活を毎日流していけば、けっこう人気が出ると思うんだよな。ユーチューブを使って、村おこしを考えているんだ。頼むよ」

「……なるほど」

「わたしからも頼むわよ……耕ちゃん、わたしの頼みを断れるのかしら？」

千詠が口を挟んで、微笑んだ。

耕一にもその微笑の意味はわかる。あなたと寝てあげたんだから、協力しなさいよということだろう。

「わかったよ。教えるよ。ただし、手伝ってもらっても、金は出ないぞ」

「そんな！　わたしのほうが授業料、払わなきゃいけないくらいですよ。明日からうかがいます。先生、よろしくお願いします！」

安奈がスツールから降りて、ぴょこんと頭をさげた。

「いいよ。わかったから……」

その後は、堤田と安奈と酒を酌み交わしながら談笑した。耕一は堤田に、結婚生活はどうだ、と訊いた。

「ああ、今のところ上手くいってるよ。恭子、昼間はアトリエに行って、窯で陶器を焼いてるんだけど、夕方には帰ってくるしな……夕飯はちゃんと作ってくれるし。いいよな、やっぱり結婚は……耕一もいい人を見つけて、再婚したらどうだ？」

堤田が酔いで赤くなった顔で言う。

「よかったな。羨ましいよ。二十歳年下の奥さんか……」

そう口にしながら、耕一は祐美子のことを頭に思い浮かべていた。自分が六十五で、祐美子が二十九だから、三十六もの歳の差がある。

「あの……先生とわたしだったら……ちょうど四十の歳の差婚になりますね」

安奈がまさかのことを言った。先生というのは、耕一のことだろう。

「いやいや、あり得ないから……それに、その先生と呼ぶのはやめてくれないか？」

「でも、仁村さんって名前で呼ぶのはしっくり来ないし……じゃあ、せめて、師匠と呼ばせてください。それでいいですか、師匠？」

「まあ、先生よりはマシだな」

「じゃあ、決まりですね。師匠はわたしを、安奈って呼び捨てにしてくださって、けっこうですから。『さん』とか『ちゃん』とかつけてると、面倒ですし……」

なるほどと思った。

かわいらしい顔をしているが、いろいろと頭はまわる。気づかいのできる人は農作物も上手く作れる。

（この子、けっこうできるんじゃないか……）

そうぼんやりと思いつつ、その夜は三人で店が閉まるまで呑んだ。

最後にトイレで小便をして、帰ろうとしたとき、千詠がオシボリを持ってきてくれた。

「安奈ちゃんのお師匠さんになってくれて、ありがとうございます……ここが我慢できなくなったら、いらっしゃいな」

そう耳元で囁き、排尿を終えたばかりの股間をズボンの上からくいっとつかまれて、

「わ、わかった」

耕一はそこが勃起しそうになるのを必死にこらえて、店を出た。

2

それから、永澤安奈の実習がはじまった。

安奈は手先が器用で、シイタケを採らせても素早く正確で、コツを覚えるのも早かった。

だが、困るのは、安奈がスキニーパンツとかいう肌に密着したズボンを穿いてくるので、その小柄なわりにはぷりっとした肉感的な尻や充実した太腿の形がそのまま浮かび出てしまうことだ。

最近流行《はや》っているらしいのだが、耕一には若い子がなぜこんなパッツンパッツンのズボンを穿くのか、意味がわからない。

確かに、男の目の保養にはなる。

坂道を安奈が先頭に立って歩くときなど、丸々としているが、きゅんと吊りあがった若い尻の形がまるで裸であるかのようにわかる。

さらに驚いたのが、このズボンはまったく余裕がなく、ふっくらとした恥丘が盛りあがってしまっていることだ。

安奈はさがるのを気にして、時々、男の子のようにズボンを引きあげる。その際、土手高の恥丘と、真ん中の窪みに伸縮素材のパンツが食い込んで、そこのスジがくっきりと刻まれてしまうのだ。

しかも、安奈はどこからどう見ても巨乳なので、耕一は目の遣り場に困った。

それに、安奈は自分のスホマを使って、自撮りしたり、収穫の仕方を録画したりする。耕一も『わたしの師匠です』と紹介されて、時々、映されている。

もちろん、安奈はいざ流すときになれば、事前にチェックをしてくれるだろうが、師匠である自分が弟子の女の子の巨乳やプリケツを盗み見ている映像が流れてしまっては、あまりにも恥ずかしすぎる。

その日は、安奈が離れの建築も手伝ってくれるというので、午後から、離れの内装作業にかかった。すでに外側はだいたいできていて、あとは内装を残すばかりとなっている。

この日は障子《しょうじ》を張ったのだが、安奈はすぐにやり方を呑み込んで、テキパキと動いてくれる。

(ひょっとして、俺はいい弟子を持ったんじゃないか……)

知らずしらずのうちに、上機嫌になっていた。夕方になって、

「時間があるなら、今夜はうちで呑もうか、どうだ？」

誘うと、

「そうさせてもらいます。今夜は帰って、寝るだけですし」

安奈が快諾した。

耕一はツマミを作る間、安奈にシャワーを浴びてもらった。風呂から出てきた安奈は、生前に妻が着ていた浴衣に着替えていた。

亡妻が若い頃に着ていたもので、大きな花柄の明るい浴衣が、安奈にはよく似合った。妻も小柄だったので、大きさはちょうどいい。

だが、胸も尻も妻よりはるかにデカいから、迫力が違う。

「これ、ステキ！　自撮りして、ＳＮＳに写真をあげてもいいですか？」

安奈がはしゃぐので、許可した。

最近の若い女の子は、自撮りをしすぎる。

耕一は恥ずかしくて、自分の写真をネットにあげようなどという気はまったく起こらない。そんなことで『いいね！』をもらっても、何の意味があるというのか？

しかし、安奈の場合は、ユーチューバーであり、それがこの村の宣伝にもなるのだから、よし、としなければいけない。

耕一もシャワーを浴びて、作務衣《さむえ》に着替えていた。

祐美子から教わった料理も含めて、主にシイタケを使ってツマミや料理を出し、居間の掘炬燵式テーブルで呑み食いをはじめる。

呑みやすい地酒を酌み交わし、シイタケのバター焼きを食べる。

「ううん、美味しいですー」

安奈が破顔した。

「そうだろ？　ジューシーだし、味も濃いだろ」

「はい……あの、これもSNSにあげたいから、撮っていいですか？」

「ああ、かまわないよ」

安奈が一生懸命にスマホで料理を撮影し、それをどこかにあげている。

しばらくすると、安奈のSNSに応答が来た音がし、

「ほら、もうこんなに『いいね！』が来た」

安奈がスマホを見せてくれる。

「すごいな……まあ、それは置いておいて、呑もうか」

耕一がお酌してやると、安奈はコップ酒でぐいぐい空ける。

やけにピッチが早い。この前、『千詠』ではもっとお上品に呑んでいた。あのとき

は自分を抑えていたのだろう。これが、安奈の正体なのだ。つまり、呑兵衛《のんべえ》なのだ。お互いに酔いがまわり、口が軽くなった頃、耕一は以前から訊きたかったことを訊いた。

「ところで、安奈は東京にいたんだろ？　どうして、こんな田舎に移住しようと思ったのかな？」

すると、安奈の表情が急に険しくなった。

「聞いてくださいよ、師匠……じつはわたし、東京で……」

と、安奈が話しはじめた。その長い話を要約すると、こうだ。

じつは、安奈は大学を卒業し、派遣会社に登録し、そこからもらう仕事を派遣社員としてこなしていた。

そして、安奈はその派遣会社の本社、つまり派遣する側に勤めている二つ年上の男性社員と恋に落ちた。

だが、じつはその彼にはもうひとり年上の本命の女がいて、それを知った安奈がその女性と別れるようにせまったところ、

『何言ってるんだ。お前はあくまでも二番目の女なんだよ。それがいやなら、別れよう。お前みたいなオッパイだけの女、誰が本命にすると思う？　のぼせるなよ』

と、ののしられ、

『あんたなんか、わたしのほうからお断りよ。女を何だと思ってるの？　もう、わたしの前には姿を見せないで！』

と、罵倒してしまった。すると以降、ろくな仕事がまわってこなくなり、安奈はその派遣会社を辞めた。

今度は正社員で雇ってくれるところをと職探しをしたものの、ピンと来る職場がない。

カレシ＝都会という思いが色濃くあり、また、以前から田舎ののんびりした雰囲気が好きだった。

いっそのこと地方に移住したら、新しい局面が開けるかもしれない――。

そう思ったとき、頭に浮かんだのは信州で小料理屋をやっている親戚の橋本千詠のことだった。そこで連絡を取ったところ、それならと店の客でもある役場の堤田を紹介してもらい、話はとんとん拍子に進んだのだという。

(何か理由があるのだとは思っていたんだが……つらかっただろうな)

しんみりとした気持ちでいると、安奈が吼《ほ》えた。

「あいつ、絶対に許さない！　絶対に見返してやるんだ。安奈と別れて失敗だったたって後悔させてやるんだ」

　虚空を見て、ぎゅっと唇を噛みしめる。慰めたくなって、

「それは、相手が悪い。そんな男、別れて正解だったんじゃないか。移住系ユーチュ
ーバーとして大成して、見返してやれ」

　耕一は力強く、励ました。

　すると、一気に安奈の表情が崩れ、メソメソしだした。そのメソメソがやがて号泣
に変わり、肩を震わせて嗚咽《おえつ》している。

　可哀相になって、耕一は近づき、浴衣姿を後ろからやさしく抱きしめた。

「大丈夫。安奈ならできる。師匠の俺が保証する。大丈夫」

　ざっくりしたセミショートの髪を撫でる。

　と、嗚咽が徐々にやみ、安奈がいきなり言った。

「師匠、膝枕してください」

「えっ……ヒ、ザ、マクラ？」

「ええ……少しだけでいいんです。ダメですか？」

　きっと今、安奈は甘えたいのだろう。

「いいけど……」

「正座はつらいでしょうから、胡座《あぐら》をかいてもらっていいです」

「……こうか？」

耕一は作務衣姿で胡座をかく。

すると、安奈は耕一の左側の太腿に頭を載せて、横臥した。

耕一とは反対側を向いて、大きな明るい柄の浴衣をつけて、少し丸まるようにして横になる。

膝枕をしてもらったことはあるが、したことはない。だいたい、膝枕は女が男にするものだろう。縁側で男を膝枕させて、耳垢を取る——。

まさか耳掻きなどできないから、安奈のさらさらの髪や肩を撫でてやる。

そのとき、安奈が「暑い」と浴衣の前身頃をまくりあげた。

（いや、今は秋だし、暑いわけはないんだが……しかし、これは刺激的すぎる）

浴衣の裾が上まではだけて、むっちりとした健康的な太腿がかなり際どいところまで見えてしまっている。

（これは絶対にわざとやっているな……こんな誘惑に乗るものか……俺には、祐美子さんがいる）

なるべく見ないようにするのだが、どうしても視界に入ってきて、ついつい視線がむちむちした太腿に向かってしまう。

下腹部のイチモツが少しずつ力を漲《みなぎ》らせる気配がある。

と、胡座をかいているその足に、安奈の手が伸びた。作務衣のズボン越しに膝から下をなぞってくる。

ビクッとしたが、「やめなさい」とは言えなかった。

(俺には、祐美子さんがいる。しかし、安奈は今、男とひどい別れ方をして傷ついている。ここで、ダメだと拒否したら、女としての自分に自信を失うだろうし、また、傷つく……)

そのままやらせて、髪を撫でていると、安奈の足が動きはじめた。

横臥した状態で、めくりあげられた浴衣からのぞく太腿をずりずりと擦り合わせる。

その動きが、まるでオナニーしているようで、ひどく卑猥だった。

「師匠……師匠のここが硬くなってるんですけど……」

安奈は作務衣の奥をさすって、見あげてくる。

「あ、ああ……」

「触ってみたいんです。いいですか?」

ぱっちりとしたつぶらな瞳で言われると、ダメとは言えなかった。

「ああ……少しだけなら」

安奈が上体を起こした。

そして、耕一のほうを見ながら、イチモツを作務衣越しに触れる。やわやわされて、それがギンとしてくると、

「すごい。カチンカチンになった」

安奈は微笑んで、ズボンの紐《ひも》をゆるめ、ブリーフのなかへと上端から手をすべり込ませてくる。

「師匠のここ、熱いわ。それに、すごく硬い……六十五歳でも全然現役なんですね……師匠には、つきあっている人はいるんですか？」

酔いでとろんとしている目を向け、イチモツを握って、ゆったりとしごく。

「……い、いないよ。いるわけがない」

耕一の脳裏には、祐美子が浮かんでいたが、絶対に公言できない。

「千詠ママとはどうなんですか？」

「どうって……？」

「二人を見てて、怪しいなって感じたから」

「……いや、小料理屋の女将と常連客の関係だよ」

「よかった……」

安奈は作務衣のズボンに手をかけて、一気に引きおろし、ブリーフも脱がせてしまう。赤銅《しゃくどう》色の肉柱がそそりたっているのを見て、

「すごい！　師匠のおチンチン、全然現役！　これを使ってないなんて、もったいないです。一回だけ、一回だけいいですか？」

安奈が肉棹を握って、耕一をすがるように見た。

「……一度だけだぞ。それから、このことは絶対に人には言うなよ。ユーチューブでも……」

「言うわけないですよぉ。もう、いやだ、師匠ったら……」

破顔して、安奈は座布団を集める。耕一は並べられた座布団に背中をつける格好で、仰向けになる。

と、安奈が作務衣の紐を解いて、上着を開き、胸板に頬擦りしてきた。

「ああ、師匠の胸板、厚くて、頼りがいがある。ふふっ、汗かいてる」

滲んでいる汗を、安奈は舐め取り、

「師匠の汗、しょっぱい！」

顔をしかめ、右手をおろして、下腹部でそそりたっているものを握った。

その硬さや長さを確かめるようにゆっくりとしごきながら、胸板を舐める。ツーッ、ツーッと舌を走らせ、乳首にかわいらしくキスをする。

ちゅ、ちゅっと窄めた唇を押しつけて、舌先でちろちろと舐めた。

「ふふっ、乳首が硬くなってきた。すごく敏感……女の子みたい」

唇を接したままで見あげて言い、また乳首を舐め転がし、かるく吸う。そうしながら、肉棹を強弱つけて握り込んでくるので、耕一はますます高まってくる。

(上手だな……今の二十五歳はこのくらいできるんだろう)

祐美子に対して、申し訳ないという気持ちはある。

だが、それとこれとは別物だという気がする。

傷ついている弟子を慰めるのは、師匠として当然だ。安奈を恋人として慕っているわけではない。安奈だって、寂しさを紛らわせるためで、自分に恋心があるわけではない。それがわかっているから、ある意味、気は楽だ。

安奈の心と身体の隙間を埋めてあげたい。

3

安奈の顔が少しずつさがっていった。

あらわになった腹部にちゅっ、ちゅっとキスをする。そのまま顔をおろしていき、いきりたっているものにもキスをした。

この子はキスが好きなのだと感じた。キスが大切な愛情表現なのだろう。

安奈は肉棹を握って、角度を調節しつつ、亀頭部を舐めた。茜《あかね》色の丸坊主の周囲にぐるっと舌を走らせ、ちろちろさせる。

それから、顔を起こし、鈴口にかわいく接吻し、割れ目を押し広げるようにして舌を差し込んでくる。

「あっ、くっ……そこはいいよ」

「じゃあ、ここは？」

安奈は亀頭冠の真裏を集中的に攻めてくる。

浴衣姿で足の間にしゃがみ込んで、裏筋の発着点に舌を打ちつけ、吸い、また舐める。それを繰り返されると、ジーンとした快感がひろがり、焦れったくなってきた。

「そろそろ、咥えてくれないか？」

思わずせかしていた。

「ふふっ……師匠、ひさしぶりだから、早くしたいんでしょ？」

安奈が唇を接したまま言う。

「……ああ。早くしたいよ」

「ふふっ、もう少し待ってね。おしゃぶりしたら、すぐに入れてあげるね」

キュートな目で見つめてから、安奈が上から頬張ってきた。

若いだけあって、激しい。ぴっちりと閉じた唇を大きくすべらせて、唇だけでしごきたててくる。橙色の帯の蝶々結びが揺れ、浴衣の張りついた尻があがって、衿元にゆとりができ、ノーブラのたわわなふくらみがのぞいている。

「んっ、んっ、んっ……」

気合の入った声が洩れ、それに励まされるかのようにいっそう強く、大きく唇を往復する。テクニックは感じられないが、とにかく一途で、体力がある。

安奈はちゅるっと吐き出して、立ちあがった。

半帯をしゅるしゅると解いて、浴衣を肩から脱いだ。

目を見張るほどの、素晴らしい肉体だった。

とにかく乳房がデカい。それもただ大きいのではなく、直線的な上の斜面を下側の充実したふくらみが支えていて、美乳と言ってよかった。

（すごいな。巨乳で、美乳だ！）

元カレが『オッパイだけの女』と呼んだその理由が、いい意味でも悪い意味でもわかる。

だが、胸だけではなく、ウエストもそれなりにくびれていて、ぷりっとしたヒップもいっそう立派に見える。

下腹部の繊毛は薄く、その萌《も》えいずる頃の若草のような瑞々《みずみず》しさが、新鮮だった。

「もう、恥ずかしいから、あまり見ないで！」

安奈が乳房を隠して、一瞬羞じらった。

それから、向かい合う形でまたがってくる。

いきりたちをつかんで、翳りの底に擦りつけた。そこはすでに潤んでいて、ぬるっ、ぬるっと先っぽが濡れ溝をすべっていく。

「ああ、あああ……いい……いい……」

くっきりとした眉を八の字に折って言い、ゆっくりと沈み込んでくる。屹立がとても窮屈な肉路をこじ開けていって、

「ああああ……入ったぁ」

安奈が上体を立てて、顔をのけぞらせた。

それから、もう一刻も待てないとでも言うように、腰を前後に揺する。両膝を立てている。

「ああん、硬くてオッキい……師匠のおチンチン、硬くてオッキい！　ぁあああ、ぐりぐりしてくる。奥が気持ちいい……」

安奈が腰を縦につかいはじめた。

スクワットでもするように腰を持ちあげ、そこから擦りおろす。その動作を繰り返して、

「あんっ、あんっ、あんっ……」

小気味いいほどの喘ぎをこぼす。

素晴らしい眺めだった。

安奈がスクワットをするたびに、グレープフルーツみたいなたわわな胸も弾《はず》む。その揺れ方がハンパではない。波打っているし、浮きあがっている。

（すごい……！）

こうなると、耕一も動きたくなる。頃合いを見て、下からズンッと突きあげてやる。

硬直が奥に当たって、

「あんっ……！」

安奈は逼迫《ひっぱく》した声を洩らす。

「大丈夫か？」

「はい……これ、好き」

「じゃあ、そのままだよ」

耕一は歯を食いしばって、腰を突きあげる。ぐいぐいぐいとつづけざまに打ち込んでいくと、からみつく粘膜を屹立が押し広げていって、

「あんっ……あんっ……あんっ……ぁあああ、もう、ダメッ……」

安奈が力なく突っ伏してきた。

「大丈夫？」

「もう、師匠……腰が強すぎ！　ガンガンって、頭まで響いてきたわ……」

そう言って、安奈が唇を重ねてきた。

耕一も応じて、舌をからませる。ついこの前までは、キスの仕方さえ忘れていた。

なのに、突然自分はどうしてしまったのだろう？

人生には何度かモテ期があるという。してみると、今もきっとそのモテ期なのだろ

うか？　六十五歳にしてモテ期……？　あり得ない。しかし、現実にこうして若い女の弟子を抱いているのだから。

これはおそらく人生最後のモテ期だろう。だったら、それを満喫しよう。

唇を合わせながら、下から突きあげてみる。

いまだ衰えを見せない肉柱が斜め上方に向かって、とろとろの粘膜を擦りあげていって、

「あんっ……あんっ……あんっ……ぁあああ、いい。気持ちいい……」

安奈がぎゅっとしがみついてきた。

つづけざまに突きあげると、安奈はまた唇を合わせ、ねっとりと舌をからめてくる。キスしながら、腰をせりあげるうちに、

「ぁああ、あああ……気持ちいい……気持ちいい」

安奈はかわいらしい顎をせりあげる。

もっと感じさせたくなり、耕一は下から抜け出て、安奈を仰向けに寝かせた。大きなオッパイが汗ばんでいるのを見ながら、膝をすくいあげて、正面から挿入する。

いきりたちが窮屈で締まりのいい肉路をこじ開けていって、

「ぁあああ……！」

安奈は片方の手で布団の縁をつかみ、もう一方の手でシーツを鷲づかみにした。

耕一は足を放して、腕立て伏せの格好で腰をつかう。打ち据えると、その衝撃で乳房がぶるん、ぶるんと縦に揺れた。

そもそもこんな巨乳の女とセックスしたことはない。

（そうか……大きなオッパイって、こんなに大きく揺れるのか……）

巨乳の豪快な揺れ方に感動した。

右手で乳房をつかんで、揉みしだいた。揉んでも揉んでも底が感じられないたわわな肉層がしなり、指に吸いついてくる。

乳輪はややひろいが、本体が大きいからバランス的にはちょうどいい。そのオッパイの真ん中で、小さめのピンクの乳首がせりだしている。

誘われて、そこを舐めた。

背中を折り曲げて、頂上の突起をちろちろと舐め、しゃぶった。頬張りながら、巨乳を揉みあげる。

「ぁああ、感じます……師匠、これ、感じる……ぁああ、突いてください。いっぱい、突いてください……」

安奈が足を腰に巻きつけて、ぐいぐいと引き寄せる。

耕一はまた上体を立て、膝をつかんで押し開きながら、腰をつかう。

「あっ、あっ、あっ……」

安奈が喘ぎながら、両手で布団の縁をつかんだ。たわわすぎるオッパイをぶるん、ぶるんと揺らして、

「ぁあああ、師匠。わたし、イキそうです」

大きな目で訴えてくる。

祐美子は苦労して、ようやくイケるようになった。なのに、安奈は若いのに、たちまち気を遣りそうだと言う。いろいろな女性がいるのだと思う。

もっと深いところに届かせたくなって、安奈の足を肩にかけ、ぐっと前に体重をかけた。

安奈の裸身が折れ曲がって、顔の真下にかわいい顔がある。その顔が今は快感にゆがんでいる。

上から打ちおろして、途中からしゃくりあげる。ズンッと打ち込むと、

「ぁあああ……！　奥がいいの……奥が感じる……突いてください。奥まで突いてください……」

安奈が求めてくる。

耕一もその気になって、大きく腰を振りかぶって、えぐりたてていく。

切っ先が子宮の近くのふくらみを突き、そこを捏ねてやると、安奈はそれがいいのか、

「ぁああ、これ好き……好き、好き、好き……ぁああ、イキそう。イッちゃうかもしれない……」

焦点を失ったようなぼぅとした目で見あげてくる。

「いいんだよ。イッていいんだよ」

耕一がつづけざまに深いところに打ち据えたとき、安奈がさしせまってきた。

「あう、あう、あう……」

と、吼えて、シーツを鷲づかみにした。

さらに打ち込んだとき、

「イク、イク、イクぅ……イクぅうううううぅぅぅ！」

安奈は激しく反って、その状態で二度、三度は躍りあがった。

耕一は放っていない。だが、この歳になると自分が射精することよりも、相手がイッてくれることのほうがはるかに大切だ。

絶頂の波が去っていくのを確認し、耕一は結合を外して、すぐ隣に仰向けに寝転ぶ。

しばらくすると、安奈が身体を寄せながら、言った。

「すごかったです……でも、師匠、まだ出してないですよね？」

「ああ、いいんだ。安奈がイッてくれれば……」

「もし、あれだったら、もう一回できますけど……」

「……いや、それはやめておこう。師匠と弟子が何回もするのはよくない」

耕一の頭には、祐美子の姿があった。

このまま安奈と関係をつづければ、耕一は二股をかけることになる。それに、師匠と弟子が何度も身体を合わせたら、男と女の関係になって、馴れ合いになってしまう。

それは避けたかった。

そのことを説明すると、

「わかりました……すみません。わたし、とんでもないことをしたみたいで……」

安奈がしょげた。

「いや、いいんだ。ほんとうは俺だって、もっと安奈としたい。きみはすごいよ、頭もいいし、セックスもすごく感じる。だけど、これはよくない、やっぱり……」

「……わかりました。師匠の弟子でありたいから、我慢します。あの、シャワーを浴びてきます」

安奈は立ちあがり、浴衣をはおって、風呂場に向かった。
その後ろ姿を見て、心のうちで謝った。
（ゴメン、安奈、ゴメン……）

第六章　すべてを愛《め》でたい

1

十二月に入って、初雪とともに待望の露天風呂付き離れが完成し、耕一はそこに初めて泊まる者として、息子夫婦を呼んだ。

多忙のなか、時間を割いてやってきた靖之は、一目離れを見るなり、

「すごいな。さすがだよ、オヤジ。とても俺じゃできない」

目を剝いて、称賛し、一緒にやってきた祐美子も、

「ステキ。本物の旅館みたい。岩風呂も大きいし、すごく気分が晴れそうです。ここを使わせていただけるなんて……お義父《とう》さま、ありがとうございます」

と、瞳を輝かせた。

「靖之は一泊、祐美子さんは二泊できるんだろ？　ここを使わせてやるから、温泉宿と思って使えばいい。荷物もここに置いて、食事のときだけ母屋《おもや》に来ればいい」

耕一が言うと、

「でも、せっかく来たんだから、母屋のほうも使わせてください。お義父さまもお寂しいでしょうから」

祐美子が答える。

「……ああ、それから……」

耕一は庭に作られた岩風呂に出て、

「この蛇口をひねれば、温泉が出てくるから。溜まるまで、一時間はかかるからな」

露天風呂の使い方を教える。

「とにかく、ここを使うのは初めてで。お前たちが記念すべき初めての客だから」

「ああ、サンキュー。俺は明日の朝、東京に帰らなくちゃいけないけど、祐美子はもう一晩泊まっていけるから、よろしく頼むよ」

靖之が耕一に言う。

「わかった。じゃあ、ゆっくりな」

二人を残して、耕一は離れを出る。

ほんとうは、祐美子と二人になりたかった。

東京でナイター観戦の翌日、祐美子を抱いてから、二カ月半が経つ。その間、急に厳しくなったという靖之の監視の目もあったり、耕一がシイタケの収穫で忙しいこともあって、二人は逢うことができなかった。

その時間を長く感じた。

明日は祐美子ひとりになるから、これで、ようやく祐美子を抱ける。祐美子もそのつもりだろう。

永澤安奈にはあれから手を出していない。何度も抱きたくなるのをぐっとこらえてきた。すべて、この日のためだ。祐美子と二股をかけていたら、これほどの期待感はなかっただろう。

安奈はあれからも、いい弟子でありつづけ、また、ここに移住してからの生活やシイタケや野菜栽培をユーチューブに流し、今は登録者数も一万人を超えたという。

夕食を、耕一と祐美子の二人で作ることになった。エプロン姿でキッキンに立つ祐美子を見ていると、早く抱きたい、触りたいという気持ちがむらむらと湧きあがってきた。

野菜を刻んでいる祐美子を後ろから抱きしめた。

「お義父さま、いけません。明日には二人になれるんですから」

包丁を使いながら、祐美子がたしなめてくる。

「靖之は今、離れにいるんだろ？　呼ばなきゃ来ないよ」

耳元で囁いて、胸当てエプロンの下に手を入れて、ニット越しに胸を揉んだ。

「ぁあん……いけません。お義父さま、ダメよ」

祐美子の包丁を使う手が止まった。

今だとばかりに、耕一はスカートをまくりあげて、後ろから尻の底に手をすべり込ませる。

パンティストッキングに包まれた基底部をさすると、

「ダメ、お義父さま……ダメ……」

そう言いながらも、祐美子は腰をくねらせる。

パンティストッキングの上端から手を入れ込む。パンティの裏側をさぐると、女の秘苑はすでに湿っていて、そこに指を這わせると、ぬるぬるっとすべった。

「ほら、もうこんなになってる」

「……だって、あれからわたし、ずっと我慢してきたんですよ」

「俺もだ。俺もそうだ」

耕一は一度、安奈を抱いた。だが、それ以降はしたくなる気持ちをぐっとこらえている。

濡れ溝をさすっていると、玄関のドアががらがらっと引かれる音がして、耕一はハッとして離れる。

「ゴメン、酒が呑みたくなった。祐美子、忙しいところ悪いけど、酒だけでいいから出してくれないか？　居間にいるから」

靖之が顔を出して、言う。

「わかりました。すぐに持っていきます」

祐美子が答えて、「ねっ、危なかったでしょ」という顔をする。

耕一はうなずいて、料理を再開する。

夕食を終えて、二人は離れに行った。

しばらくして、靖之から「お湯の出が悪いんだけど」という連絡が入り、耕一は元栓の調節をした。

それからしばらく連絡がない。

不安になって、耕一は離れに向かう。

と、竹を横に編んで作った目隠し用の柵の隙間から、二人が岩風呂に入っているのが見えた。

（大丈夫だったんだな）

踵《きびす》を返そうとしたものの、一瞬見えた祐美子の裸身が目に焼きついていて、足が止まった。

静かに歩いていき、竹と杭の隙間から、なかを覗いた。

そこはかなり端にあり、目の前には、業者に格安で分けてもらった石の燈籠《とうろう》が立っているから、まず二人からは見えないはずだ。

二人は離れて、岩風呂につかっていた。ひろい湯船ではあるが、普通男女はくっついてお湯に入るだろう。やはり、二人は上手くいっていないのだと思った。

祐美子は白い肌をあらわにして、肩にお湯をかけている。浅い湯船だから、胸の見事なふくらみが半ば出て、乳首も見え隠れしている。

（色っぽいな。明日は祐美子さんと二人で入ろう）

そう考えていたとき、靖之が立ちあがった。

祐美子の正面に立って、何か言った。それから、明らかにいやがっている祐美子の後頭部をつかんで、いきりたちを口に押し込んだ。

するうちに、祐美子も抵抗を諦めて、自分から頬張りはじめる。関係が壊れていても、やはり夫婦。いざとなったら、応じるしかないのだろう。

祐美子が顔を打ち振っている姿を、斜め横から見ることができた。苦しそうに眉を折り曲げている。その唇を靖之のイチモツが犯している。

と、靖之が何か言って、祐美子が立ちあがった。そのまま、二人で部屋に向かう。置いてあったバスタオルで身体を拭き、部屋に入る。

サッシは閉められたものの、障子は開いているので、なかが見えた。

和室に布団が二組敷いてあって、靖之がそのうちのひとつに祐美子を押し倒した。よほど急《せ》いているのか、ろくに愛撫もせずに、祐美子を布団に這わせた。

それから、後ろについて、強引に挿入し、腰を振りはじめた。

激しく突いている。

(ああ、そんなことをしても、祐美子さんは感じないのに……)

きっと、祐美子はつらいだけだろう。その証拠に、苦しそうに眉根を寄せているのが、サッシを通して見えた。

もう長い間一緒にいるのに、祐美子の性のあり方さえつかんでいない靖之に腹が立ってきた。

きっと、その浮気しているモデルの女だって、心底から感じてはいないだろう。仕事をもらうために、我慢しているのだ。

(男はへたに力を持つとダメになる。その地位を自分の実力だと思い込んでしまう。靖之、目を覚ませ!)

その間にも、急激に靖之の腰づかいが速く、大きくなり、靖之はのけぞりながら震えている。射精したのだろう。

すぐに靖之は祐美子から離れて、もうひとつの布団に横になり、ぐったりとして動かなくなった。

酔っている上に風呂に入って、射精したので、もう精根使い果たしたのだろう。

(しょうがないやつだ)

耕一が帰ろうとしたとき、サッシが開いて、祐美子が出てくるのが見えた。

洗い場に膝を突いて、かけ湯をしている。

股間をきれいに清めて、岩風呂に足から静かに入った。

お湯に肩までつかり、目を閉じている。

(きれいだ……!)

耕一が見とれていると、祐美子が乳房を揉みはじめた。

お湯から出した左手であらわになった乳房をつかんで揉みしだき、顔をのけぞらせた。

右手もお湯に没しているから、おそらく下腹部をいじっているのだろう。

(そうか……寝た子を起こされ、しかも、満たされずに、自分で慰めているのだな)

左手が荒々しく乳房を揉みしだき、水面が波立って、

「あっ……あっ……」

と、祐美子は声を押し殺している。

その頃には、耕一の股間はいきりたっていた。

(可哀相に……そうか、靖之が眠ってしまっているなら……)

耕一は隙間から祐美子を呼んだ。

「祐美子さん……祐美子さん……!」

すると、その声が耕一であることに気づいたのだろう、祐美子がハッと身を強張《こわば》らせた。

「こっちに……」

呼ぶと、自慰を見られたのが恥ずかしいのか、祐美子は両手で顔を覆った。もう一度呼ぶと、祐美子は胸と股間を隠して近づいてきた。

「母屋に来なさい」

「でも……」

祐美子が離れのほうを見た。

「もちろん、靖之が寝ていたらだぞ」

「たぶん、眠っています」

「なら、いい……来てくれないか？　頼む」

声を潜めて言うと、

「わかりました」

祐美子がうなずいて、静かにいったん離れの部屋に向かった。お湯でコーティングされた後ろ姿がたまらなくエロチックだった。

2

耕一が母屋の玄関を入ったところで待っていると、しばらくして、祐美子が玄関扉をすべらせて入ってきた。

この前、息子のマンションに泊まったときと同じ白いネグリジェを着て、防寒用のコートをはおっている。

「靖之は寝ていたか？」

「はい……ぐっすりと……」

「よかった。寝室に行こう」

耕一が階段をあがっていくと、祐美子もあとをついてくる。

階段をのぼり切り、耕一の寝室に入っていく。畳には一組の布団が敷いてある。

部屋はすでに暖めてある。

祐美子がコートを脱いだ。白いシースルーのネグリジェからは、乳房の頂上にポチッとした突起が浮き出ている。

「冷えるといけない。布団に入ろう」

耕一も寝間着の浴衣姿で、布団に入る。すると、祐美子も隣に身体をすべり込ませてきた。

とっさに右腕を出すと、祐美子は腕枕して、顔を寄せてくる。

「お義父さま、いつから覗いていらしたんですか？」

祐美子が訊いてくる。

「ああ、あのちょっと前からだよ。祐美子さんがお風呂に入っていたとき」

耕一はとっさに誤魔化した。まさか、二人が露天風呂に入っていて、それから、部屋でセックスをしていたところを覗いていたとは言えない。

「ゴメン。眠れなくて……露天風呂の具合も気になったしね」

「ひとりでしているところを見られたんですね。もう何度目かしら？　わたし、すごくオナニー好きの女だって思われてますよね……恥ずかしいわ。死んじゃいたい」

祐美子が横からぎゅっと抱きついて、顔を埋めてくる。

「……想像だけど、靖之とのセックスが上手くいかなかったんだろ？　満足できなかったから、それで……」

「すべてお見通しなんですね」

「だいたいわかるよ」

「お義父さまがいけないんですよ。女の悦びを教えていただいたから、だから……」

「そうだな。俺がいけない……責任を取るよ」

「どうやって？」

「こうやって……」

耕一は体を起こして、祐美子を上から見おろす。

「でも、もし靖之さんが起きてきたら……」

「平気だよ。さっき、玄関には施錠をしてきた。裏口にも鍵がかかっている。つまり、この家には誰も入れないいんだよ。靖之があなたをさがしに来たとしても、鍵が開かないから、ピンポンするだろうし……こっちはその間に、一階に降りて、あなたと喋っていたことにすればいい」

「……いけない人ですね」

「ああ……祐美子さんに関しては、いけない男になる。実際に、もうなってるしね」

耕一はほっそりした首すじにキスをして、胸のふくらみをつかんだ。

愛情込めて揉みながら、キスをおろしていき、頂上に唇を押しつける。

「んっ……んっ……ぁあああ、お義父さま、わたし、きっと地獄に落ちる」

祐美子が悩ましげに言う。

「あなたは大丈夫だよ。俺が力ずくであなたを奪ったんだ」

「そんなこと、ないです」

「いや、そういうことにしておこう。地獄に落ちるとしたら、それは俺と靖之だよ。あなたはその犠牲者だから……」

耕一は胸のふくらみをつかんで、揉みながら、頂を口に含んだ。

吸い込んで吐き出し、舌で上下左右に転がす。すると、唾液が沁み込んで、シースルーの白い生地が張りついて、乳首の色と形がくっきりと透け出てきた。

枕明かりに浮かびあがった突起を舐めると、

「あっ……あっ……ぁあああ、お義父さま……わたし、おかしい。お義父さまと顔を合わせると、これが欲しくてたまらなくなる」

祐美子が寝間着の前を割って、それをつかんだ。耕一はすでにブリーフを脱いでいる。

「お義父さまのここ、もう硬くなってるわ。どうして？」

祐美子が下から見あげて、微笑んだ。

「どうしてって……あなたが欲しいからだよ。九月に東京へ行ってから、ずっとお預けだったからね」

「すみません。靖之さんの監視が厳しくて……」

「わかってるよ。今、こうしていられるだけで充分だ」

耕一はネグリジェを肩から脱がして、両手を抜き、腰までおろす。

こぼれでてきた乳房に目を見張った。

いつ見ても、たわわで形がいい。直線的な上の斜面を下側の充実したふくらみがぐいと持ちあげ、やや上についた乳首がツンとせりだしている。

ふと、この体をさっき靖之が貪ったのだという思いが脳裏をかすめた。しかし、靖之が血を分けた息子であるせいか、さほどそれをいやだとは感じない。

それどころか、息子が中途半端に終えたことを、その父である自分が最後までやり遂げてやるんだ、補ってやるんだ、という気持ちになる。

じかに乳房をつかみ、その柔らかな量感を味わった。

抜けるように色の白い乳肌から、根っこのように走る血管が青く透け出ていて、乳輪と乳首は透きとおるようなピンクにぬめっている。

こんなきれいな乳首は祐美子が初めてだ。

乳首を舌でもてあそんでいると完全に勃起してきて、それにつれて、祐美子の下半身が揺れはじめた。

「ぁああ、ああああ……お義父さまの舌、気持ちいい。気持ちいい……ぁあああ」

そう喘ぐ祐美子の、ネグリジェのまとわりつく下腹部が、ぐぐっ、ぐぐっとせりあがってくる。

乳首の快感が下半身に流れて、自然に腰が動いてしまうのだ。

耕一は顔をおろしていって、下腹部に顔を埋めた。ここに来るときにもう覚悟はできていたのだろう、パンティを穿いていなかった。

舐めやすいように、腰枕をした。さらに膝をすくいあげて、翳りの底に舌を走らせる。

そこはすでに洪水状態で、舐めても舐めても蜜があふれて、とめどなく恥肉を濡らす。クリトリスの包皮を指で剝き、あらわになった本体を舐め、吸った。

「ぁあああ、ああうぅ……お義父さま、わたし、もうお義父さまでなければダメ……」

「……靖之にされても、こんなに感じないか？」

訊くと、祐美子は静かにうなずいた。

(そうか……やはり、俺でなければダメか……)

耕一は上機嫌で、張りつめて肥大化していた肉の真珠を下からなぞり、横に弾く。全体を頰張るように吸いあげる。それを繰り返していると、

「ぁああ、もう、欲しい。お義父さまのあれが欲しい」

祐美子が切なげに訴えてくる。

「その前に……」

耕一は片方の足を持ちあげ、足指をしゃぶった。

五つの爪は桜貝のような光沢を放ち、親指から小指にかけて、少しずつ面積が少なくなっている。しかも、それが見事に斜めに並んでいて、工芸品でも見ているようだ。

その爪を一本、また一本と頬張って舐めていく。さらに、親指を頬張ると、

「い、いけません。お義父さまがそんなことをしては……いや、いや……あうぅぅぅぅぅ」

祐美子が曲げていた足指を伸ばして、最後は愉悦の声をあげた。

(すごいな、女の足指は……俺のゴツイ指とは全然違う。繊細でととのっていて、美しい……!)

親指を吐き出し、指の間の水掻きに舌を突っ込んで、くすぐるように舐める。

「ぁああ、いや……汚いわ。お義父さま、汚い……ぁあああ、ああうぅ」

祐美子がまた足指をぎゅうと折り曲げる。

耕一はととのった足の、土踏まずにも舌を這わせる。

「くすぐったい……いや、いや……ぁあああ、ぁああああああ」

祐美子は陶酔したような声をあげる。

足の裏から甲、さらに足首から向こう脛、内側に入ってふくら脛へと舌を這わせていく。

祐美子のすべてを愛でたい。こんな素晴らしいものをお創《つく》りになった神様に感謝する気持ちで、ふくら脛から膝へと舐めあげる。

祐美子はもう抵抗せずに、身を任せている。

耕一は徐々に太くなっていく太腿に舌を這わせる。内側を奥に向かって舐めていく。恥毛の密林が近づくにつれて、祐美子は「恥ずかしい」とばかりに内股になった。さらに舐めあげていくと、今度は外側に開いた。

そして、早くあそこに来て……とでも言うように、腰をせりあげ、左右に揺らしていく。

翳りの底に顔を埋めて、狭間をぬるっ、ぬるっと舐めあげると、まったりとした粘膜がまとわりついてきて、

「ああ、お義父さま……もう……もう……ぁあああうぅぅ」

祐美子が我慢できないとでも言うように、恥丘を擦りつけてくる。

もう準備はととのった。

耕一は膝をすくいあげて、いきりたつものを沼地に押しつけた。

慎重に腰を入れると、切っ先が潤みきった箇所を突破して、押し広げていく確かな感触があって、

「はうぅぅ……！」

祐美子が低く喘いで、顔をのけぞらせた。

「くっ……！」

と、耕一も奥歯を食いしばっていた。

祐美子のなかは熱く滾《たぎ》っていて、押し入ったものを柔らかく包み込んでくる。じっとしていると、粘膜が波打つようにざわめいて、硬直を奥へ奥へと引きずり込もうとする。

(やっぱり、祐美子のここがいちばんだ！)

耕一は足を放して、覆いかぶさっていく。

強く、深いストロークを見舞えば、祐美子の身体は拒絶してしまう。ゆっくりと、じっくりとしないと、祐美子の膣は快感を得ることができないのだ。

抜き差しをせずに、祐美子の唇を奪った。

すると、祐美子はふっくらした唇を押しつけ、耕一の背中を抱きしめてくる。

(これでいいんだ……)

舌で唇の隙間を舐めると、女の舌がからんできた。

舌と舌を中間地点でねろねろと接触させていると、祐美子はもっととばかりに自分から舌を差し込んできた。情感たっぷりに口腔に舌を這わせ、さらに、唇を舐めてくる。そうしながら、耕一の頭髪を撫で、背中をぎゅっと引き寄せる。

足が腰にからんで、自分から結合地点を擦りつけてくる。

こうやって、祐美子は高まっていくのだ。

耕一は唇を重ねながら、かるく腰をつかう。腰を波打つように動かすと、

「んっ……んんんっ……はうぅぅ」

キスしていられなくなったのか、祐美子は唇を離して、ぎゅっとしがみついてきた。

耕一は女体のしなりを感じながら、ゆるく打ち込んだ。

「んっ……んっ……ぁあああ、お義父さま、好き……」

そう言って、祐美子はまた唇を重ねてくる。

耕一は柔らかな唇となめらかな舌を感じながら、さらに腰をつかう。

祐美子が徐々に高まってきたのがわかる。

抜き差しを止めると、やめないでと言うように恥丘がせりあがり、膣がくいっ、くいっと屹立を締めつけてくる。

「ああ、すごい……締まってくる」

耕一が言うと、祐美子はさらに粘膜を締めつけてくる。

耕一はストロークをやめて、乳房に貪りついた。形よく隆起したふくらみを揉みしだき、尖っている乳首を舐めた。ちろちろと舌を走らせ、吸う。

それを繰り返していると、

「ああ、いいの……いい……お義父さま、突いて。思い切り、突いて！」

祐美子が訴えてきた。

「いいのか？」

「はい、たぶん……今、すごく奥に欲しいんです」

耕一は腕立て伏せの形で、上体をあげ、足を伸ばして腰を打ち据える。

祐美子は奥を突かれるとつらいはずだが、自分から求めてきたのだから……。

ぐいぐいと腰を突き出すと、祐美子は足を開いて、屹立を奥のほうに導き、

「んっ……んっ……あうぅぅぅ」

つらそうに、眉根を八の字に折った。

「きついなら、やめるぞ」

祐美子は苦しそうな顔をしながらも、首を横に振る。

耕一は気持ちを込めたストロークを繰り出す。窮屈な膣をペニスが擦りあげていくのがわかる。

「気持ちいいか？」

「はい……良くなってきました」

「行くぞ！」

耕一は徐々にピッチをあげていく。

「あんっ、あんっ、あんっ……」

祐美子が甲高い声で喘いだ。すでにここが夫の実家であることも、夫がすぐ近くの離れにいることも脳裏から消え去っているようだ。

膣口が締まってくる。内部の熱く滾った粘膜がざわめくようにしてからみついてきて、耕一もさしせまってきた。

（もっと、奥まで打ち込みたい……！）

おずおずと訊ねた。

「奥も大丈夫そうか？」

「はい……響いてきます。ズンッ、ズンッって頭まで響いてきます」

この前、中イキしたことで、膣の性感帯が目覚めてきたのだろう。

「体位を変えるぞ」

耕一は上体を立てて、膝を開かせ、両手でつっかい棒をするように、すらりとした足を押しあげた。足を開かされて、腰が持ちあがっている形だ。この体勢だと、ペニスが子宮口まで届くはずだ。

苦しがるかもしれない……試しにゆっくりと打ち込んだ。

「うあっ……」

祐美子が大きく顔をのけぞらせて、つらそうな声をあげた。

「きついなら、やめるぞ」

「やめないで……奥で、奥でイキたいんです」

「そうか……よし」

耕一は両腕で足を開かせ、その手を布団に突いて、ぐっと前に体重をかける。すると、いっそう切っ先が深いところに嵌まり込み、

「あうぅぅ……！」

祐美子が一瞬、耕一を突き放そうとしたが、その手を頭上にあげ、右手で左の手首を握った。

苦しくて、ついつい耕一を突き放したくなってしまう。その手を自分で封じているのだろう。その気持ちが痛いほどに伝わってくる。

(祐美子さん……あんたは何にでも一生懸命だ。よし、イカせてやる。奥でイカせてやるからな)

耕一はゆったり打ち込んで、おさまりきったところで、腰を振って切っ先を子宮口

に押しつける。扁桃腺のように柔らかな部分を捏ねるようにして、擦りつける。

また、ゆっくりと引いていって、ねじ込み、奥を捏ねる。

それを繰り返しているうちに、祐美子がさしせまってきた。

自ら両手を頭上にあげ、手を繋いでいる。そうやって、乳房も腋《わき》の下もすべてさらしながら喘ぐ。

「ぁああ、あああああ……気持ちいい。気持ちいい……押しあがってきます。ぁああ、もっと、もっとして……強くしてください……」

「行くぞ」

耕一は深く強いストロークに切り換えた。

ぐっと前に体重をかけ、切っ先を送り込みながら、途中からしゃくりあげる。打ち込みのピッチをあげていくと、

「あんっ、あんっ、あんっ……ぁあああ、すごい……熱いの。あそこが熱い……ぁあああ、怖いわ。怖いの……」

祐美子が下から涙目で見あげてくる。

「怖くない。俺がついてるじゃないか。俺を信頼してくれ。すべてをゆだねてくれ。大丈夫。俺がついてる。すべてをさらしていいんだぞ」

「はい……はい……ぁあああ、イクんだわ。わたし、イクんだわ」

「いいんだ。イッていいんだ。そうら……」

耕一がつづけざまに打ち据えると、祐美子は上へとずりあがりながらも、頭上で繋いだ手は離さず、

「ぁああ、ああああああ……」

宙にさまよっているように喘ぎを長く伸ばす。

打ち込むたびに、形のいい乳房がぶるん、ぶるんと縦に揺れ、乳首も同じように動く。

膣肉がぎゅ、ぎゅっと締まってきて、耕一も追い詰められた。

「ぁああ、出そうだ」

「ください。お義父さまの精子が欲しい。ちょうだい。いっぱい、ちょうだい……ぁあああ、ダメん……あん、あん、あん……」

「そうら、行くぞ。出すぞ」

「あん、あんっ、あんっ……ぁあああああ、イキます。イク、イク、イク……イクぅ……やぁあああああぁぁぁぁ！　くっ……！」

祐美子がのけぞり返った。

膣がびくびくっと締まってきて、そこに打ち込んだとき、耕一も至福に押しあげられた。

「おっ、あっ……」

下腹部をぴったりと合わせて、熱いものをしぶかせる。

義父の精子を受け止めながら、祐美子はもっと欲しいとばかりに、膣を締めつけてくる。残っていた精子が搾り取られていく。

すべてを打ち尽くして、耕一は結合を外し、すぐ隣にごろんと横になる。

精子を放った虚《むな》しさはない。あるのは、祐美子を奥でイカせたという悦びだけだ。

息がようやくおさまった頃になって、祐美子が緩慢な動作で上体を起こして、胸板に顔を載せてきた。

上から見おろして、言った。

「うれしいです。奥でイケて……」

「よかったな。俺もうれしいよ。すごく良かったよ」

「お義父さまのお蔭です」

祐美子が胸板に頬擦りしながら、手でなぞってくる。

「それから……」

何か言いかけて、口を噤んだ。

「何だ？　言ってごらん」

「……靖之さんと別れたいんです」

「えっ……？」

耕一は啞然として、祐美子を見た。

「靖之さん、またひとり女ができたみたいで……今度は、同じ会社の社員です。有力なスポンサーの広報部長の娘さんなんです。二十三歳の子で、コネで会社に入った人なんですよ」

「……ほんとうなのか？」

「ええ……わたし、靖之さんのスマホのパスワードを知っているから」

「そうか……じゃあ、前のモデルの子は？」

「別れたみたいです」

「最低だな。父親として恥ずかしいよ」

耕一のはらわたは煮えくり返っている。

そろそろ、靖之を諭《さと》したほうがいいかもしれない。それが親の務めだという気がする。

「で、本気で離婚を考えているのか？」

「……自分でもよくわからないんです。でも、どうしていいのかわからなくなりました」

「そうだろうな」

耕一は思いを巡らした。祐美子が離婚をしたいと考えるのは、よくわかる。しかし、そうなると……。

「気持ちはわかるよ。でも、そうなると、俺と祐美子さんは逢えなくなるんじゃないかな？　今なら、あなたが夫の実家に来ても、自然だ。だけど、離婚してしまうと、あなたがここに来るのはおかしいだろう。俺とあなたが結婚すれば話は別だが、さすがにそれは……」

耕一が言うと、

「確かにそうですね」

祐美子の顔が曇った。

「俺は祐美子さんと、この先も逢いたい。あなたを抱きたいんだ。せっかく、ここまで来たんだから……」

耕一は思い切って言った。

「靖之は経済力だけはある。祐美子さんが別れるとなると、それ以降の生活が大変だ。俺にはあなたを食わせていけるだけの経済力はない……だから、もう少し我慢してくれないか？　ここに来たかったら、来ればいい。俺も東京に行くから……だから、離婚はもう少し我慢してくれ。頼む」

思いを口にする。

「……わかりました。でも、それなら、わたし……あの……」

「何だ？　言いなさい」

「……お義父さまの子供が欲しい」

「えっ……？」

耕一は唖然として、祐美子を見た。

「俺の……子供を？」

「はい……靖之さんもお義父さまも血液型が同じA型だから……」

「本気で言っているのか？」

「はい、本気で言っています。じつは、この前、医者に診てもらったら、靖之さんは精子の数が少なくて、わたしが妊娠するのは難しいそうなんです。このことは、靖之さんには言っていません。わたしが結果を聞きにいったので……靖之さんにはお互いに異常はなかったと言ってあります」

「……だけど、俺もこの歳だ。あなたを妊娠させることができるかどうかはわからないぞ」

「きっと、できると思います。お義父さま、お元気ですもの」

たとえ自分の精子で孕《はら》んだとしても、同じ血液型だから、靖之にはそれが、父親の子供だとはわからないだろう。

だとしたら……。

自分はあと何年生きられるだろう？　長寿の家系だから、このまま健康を保っていけば、まず九十歳までは大丈夫だろう。そうすれば、子供が成人するまでは見届けられる。それに、その子は靖之の子供として生きていくわけだから……。

そうか……祐美子が孕めば、靖之の浮気癖も少しは直る可能性もある。祐美子もそこを考えているのだろう。

「わかった。努力してみる」

耕一が言うと、祐美子の顔がほころんだ。

3

翌朝、靖之は仕事があるからと、帰京した。

あれから、祐美子をすぐに離れに帰した。今朝、祐美子に訊いたところ、靖之はぐっすり眠っていたから、昨夜の夜中の出来事にはまったく気づいていないという。

二人きりになって、祐美子が原木シイタケを見に行きたいと言うので、二人で森に向かった。

安奈にはこの三日間、息子夫婦の世話をしなくてはいけないからと、休みを言い渡してある。

しばらく歩くと、森のなかにシイタケの原木がびっしりと並んで立てている場所があった。すでに収穫は終わり、今は木を休ませている。

「思っていたより、いっぱいあるんですね」

祐美子が瞳を輝かせた。黒いダウンジャケットを着て、ジーンズを穿いている。

「多いほうだろうね」

「これは、何の木を使っているんですか？」

祐美子が興味津々で訊いてくる。

「うちは、コナラを使っている。コナラとクヌギがとくに適しているんだ。山が紅葉してきたら伐採して、さらに、九十センチくらいに切って、乾燥させる。その時期になったら、原木にドリルで孔を開けて、そこに種駒という菌を植えつけるんだ。最初の年はいろいろと大変だけど、一度出てしまえば、あとは自然に出てくる」

祐美子は熱心に聞き、原木のコナラに触れて、

「意外とゴツゴツしているんですね」

「ああ、それは岩肌と言ってね、初回の出は遅いけど、大きなシイタケが採れるんだ。その横のはツルツルしているだろ？」

祐美子は実際に触れてみて、

「ほんとうだわ」

と、言う。

「それはサクラ肌と言ってね、出るのも早いし、数も採れる。そのぶん、原木自身の寿命が短い。同じ、コナラでもいろいろとあるし、採れるシイタケも変わってくる。そのへんが面白いところだね……疲れただろう？　ちょっと休もうか」

近くにある掘っ建て小屋に、祐美子とともに入った。

雨風をしのげるようになっていて、ここで初年度の原木を乾燥させる。物置にもなっていて、様々な器具が置いてある。

一段高くなって、仮眠もできる畳敷きの場所の端に座って、二人は持ってきたペットボトルの水を飲む。

「汗をかいてしまって……」

と、祐美子がダウンジャケットを脱いだ。

今日は十二月にしては陽気が良く、暖かかった。

祐美子は下にはフィットタイプのニットを着ていて、横から見ると、その形よく盛りあがった胸のふくらみが悩ましかった。

ニットは胸元がV字に切れ込んでいて、祐美子は首すじから胸元をタオルで汗を拭う。

かるくウエーブした髪が肩や胸にかかっていて、その様子が耕一を駆り立てた。

「汗を拭いてやるよ」

そう言って、耕一は後ろにまわり、タオルで胸元の汗を拭いた。

ニットを持ちあげたブラジャーのカップの下側にタオルを入れて、見事なふくらみをタオルで拭いていると、

「あっ……んっ……お義父さま、ダメ……」

祐美子が顔を伏せて、耕一の手をつかんだ。

「祐美子さんは、俺のタネが欲しいんだろ？」

後ろから言うと、祐美子がうなずいた。

「こっちは、もう準備がととのっている」

祐美子の手をつかんで、ズボンの股間に導いた。それがすでに、硬くなっていることがわかったのだろう。祐美子は立ちあがって、耕一をその段の縁に座らせ、前にしゃがんだ。

ベルトをゆるめ、ズボンとブリーフを膝までおろした。転げ出てきたイチモツはすでに力強くいきりたっている。

「ほんとうにすごいわ……六十五歳ですよね？」

祐美子がそれを握って、見あげてくる。

「そうだよ……今の六十五歳は昔と違って、みんな元気で矍鑠《かくしやく》としている。俺の同い年の友だちも先日、随分と年下の女性と再婚したよ」

「……！」

祐美子がびっくりしたように目を剝いた。

「ここだけの話だけど、相手の女性はいざセックスとなると、すごいって言ってたな」

「わたしのことは絶対に言ってはダメですよ」

「もちろん……わかっている。だけど、祐美子さんもセックスが激しい」

「もう……お義父さまがそうしたんです。お義父さまのせいですからね」

「わかってるよ。祐美子さん、頼みます。もう、あそこが我慢できないんだ」

言うと、小屋の窓からちらりと外を見た祐美子が、人の気配がないことを確認して、静かに舐めあげてきた。

山小屋でいきりたっているものを下からツーッ、ツーッと舐めあげ、そのまま上から頬張ってくる。

禍々しい茜色にてらつく亀頭部に唇をかぶせて、ゆったりと顔を振り、なかで舌をからませる。

温かい口腔に包まれたイチモツの裏側に、ねっとりと舌がからみついてくる。さらに、ジュルジュルッといやらしい音とともに吸われる。

「おっ、くっ……気持ちいい！」

耕一は思わず天井を見あげる。

剝き出しの木造天井が組まれており、視線を移すと、窓の向こうに森が見える。

（ああ、俺はこの森で、愛する女にフェラチオされているんだな）

大自然のなかでのフェラチオは初めてであり、格別だった。

ひんやりした森の空気、鳥たちの囀《さえず》り、ジュル、ジュルルという唾音――。

自分が大自然のなかに溶け込みつつも、ひろがってくる快感で頭がぼぅとしてきて、蕩《とろ》けていってしまいそうだ。

祐美子は亀頭冠の真裏をちろちろと舐めながら、どう、気持ちいいですか？　という顔で見あげてくる。

「いいよ、最高だ……」

耕一はうっとりと酔いしれる。

さらに、根元を強く握られ、余った部分に唇をすべらされる。

（こんなに気持ちいいことがあったんだな。最高だ……）

ぎゅっ、ぎゅっと全体を指でしごかれ、先のほうを舐められると、分身が、早く入れてくれ、と訴えてくる。

「祐美子さん、ありがとう」

耕一は立ちあがり、畳敷きの一段高くなった休憩所に、祐美子を寝かせた。

ジーンズに手をかけて脱がし、黒のパンティも引きおろし、足先から抜き取った。

そばにあった座布団を腰枕替わりに置き、祐美子の足をすくいあげた。

ひろがった太腿の奥でひっそり息づいている雌花をじっくり舐めると、花びらがひろがって、

「ぁあああ、あああ……恥ずかしいわ。誰かが来たら……」

祐美子が不安そうに訴えてくる。

「大丈夫。ここは俺の山だから、誰も来ない。それに、入口には鍵がかけてある……恥ずかしいと言ってるわりには、ここがすごく濡れてきてるぞ」

そう言って、狭間に舌を走らせる。

じゅくじゅくとあふれでる花蜜を、クリトリスに塗り伸ばすように舌をつかい、陰核を吸い、舐め転がす。

「ああ、怖いわ……きっと誰かが……ぁあああ、あああん、そこ……」

祐美子ががくんっと腰を振った。

「クリが好きだろ？　祐美子はここだけでイッてしまう。そうだね？」

「はい……ぁあああああ、いやいや……くぅぅ……ダメ、ダメ……ぁあああ、気持ちいい……そこ、気持ちいい……」

耕一はクンニをいったんやめて、唇を奪う。と、祐美子はすでに理性が飛んでしま

ったのだろう。耕一に唇を押しつけ、舌を吸い、からめる。そうしながら、耕一の腰に足をからめて、ぐいぐい自分のほうに引き寄せる。

「うれしいよ。まさか、祐美子さんとここでできるとは思わなかった」

キスを終えて、言う。

「今までも、何人かの女性としているんでしょ？」

「違う。初めてだよ。正真正銘、小屋でするのはこれが初めてなんだ」

「うれしい……！」

祐美子もぎゅっとしがみついてきた。

耕一はニットをたくしあげて、黒のブラジャーも上へとあげてしまう。こぼれでてきた乳房を揉みしだき、頂上にキスをし、舌であやす。

「ぁああ、ああぅぅ……」

祐美子がのけぞりながら、畳を指で引っ掻いた。

掘っ建て小屋のなかで、ふくらみの頂上が唾液で濡れて、ぬらぬらとぬめ光り、その淫靡な乳首を小屋に射し込む陽光が照らして、この世のものとは思えないエロスの世界をかもしだしている。

そのまま顔をおろしていき、足をすくいあげた。

細長く密生した翳りの底で、艶やかな女の花がひろがって、内部の鮭紅色のぬめりが剝き出しになっている。

耕一はそこを舐めた。ぬるぬると舌を走らせると、

「ぁあああ、あああああ、気持ちいいの……わたし、おかしい。おかしくなってる……だって、すごく気持ちいいんだもの」

「いいんだよ、それで。祐美子さんは女に目覚めたんだ」

さらに、クリトリスを舐めると、祐美子の腰がせりあがった。ついには、

「ああ、お義父さま……もう、我慢できない」

祐美子ははしたなく下腹部をせりあげてくる。

「欲しいんだね？」

「はい……欲しい」

「何が？」

「お義父さまのあれが」

「あれって？」

「おチンチン……いやぁあああ」

言ってしまって、祐美子は嬌声をあげて、顔を左右に振る。

耕一はいきりたつものを押し込んでいく。切っ先が窮屈な入口を押し広げていき、

「ぁあうぅ……」

祐美子が声をあげ、いけないとばかりに口に手を当てて、その声を封じる。

「大丈夫だよ。誰もいない。聞いているのは、小鳥たちだけだよ。そうか……この原木にも聞こえているかもしれない。きっと刺激を受けて、いいシイタケが出てくるよ」

「じゃあ、わたしたち、シイタケ栽培に貢献しているんですね……」

「ああ、そうだ。あなたのいい声を聞かせてやれ。きっと、すごく立派なシイタケが出てくる」

膝を上から押さえつけるように腰をつかうと、

「あん、あんっ、あんっ……」

祐美子は口に手を添えながらも、甲高い声で喘ぐ。

打ち据えながら、あらわになった乳房をぐいとつかみ、さらに覆いかぶさっていき、両手を頭上に押さえつけた。

「祐美子さんはこういうのも好きだろ？　無理やりされる感じが？」

「はい……好き」

「よし、行くぞ」

両腕を頭上で押さえつけたまま、ぐいぐいと屹立をめり込ませていく。

「あんっ、あんっ、あんっ……ぁああ、すごい、すごい……これ、おかしくなる。わたし、おかしくなる……ぁああうぅぅ」

「よし、今度は外を見ながら、しよう」

耕一はいったん結合を外して、段から降り、祐美子を窓際に連れていく。

窓の下につかまらせて、腰を後ろに突き出させた。

丸々とした白い尻が、窓から射し込む陽光に仄白く浮かびあがっている。その底に屹立を押し込むと、

「ぁあうぅぅ……！」

祐美子が喘ぎ声を押し殺しながらも、ぐんと背中を弓なりに反らせた。

「何が見える？」

「森が見えます。お義父さまの作ったコナラの原木がいっぱいある」

「そこで、祐美子さんは何をしている？」

「祐美子は……その……お義父さまに、お義父さまに後ろから犯されているわ……ぁあああああ、恥ずかしい！」

祐美子がさかんに首を左右に振る。

「もう少し、足を開いて……そう。行くぞ。行くぞ……」

くびれたウエストをつかみ寄せて、耕一は腰をつかう。

最初は浅いところに連続してジャブを放つ。浅瀬を擦りあげられて、

「あん、あん、あんっ……ぁあああ、気持ちいい……でも、もどかしいの。焦れったいの……」

「奥に入れていいか？」

「はい……奥にも、ちょうだい」

耕一は三浅一深を繰り返す。すると、祐美子が昂ってきたことがわかる。

「ぁあああ、あんっ……ああああああ、あんっ……」

「大丈夫か？」

「はい……気持ちいい。ほんとうに気持ちいい……ちょうだい。深くちょうだい！」

「行くぞ！」

耕一は片方の腕をつかみ、後ろに引き寄せながら、強く突いた。

ズンッ、ズンッ、ズンッと子宮口まで届かせると、

「あん、あんっ、ぁあああああ……いいの、いいの。怖いけど、いいの……」

「いいんだ。身を任せなさい。自分を解き放ちなさい。いいんだ。ぁあああ、出そ

うだよ。俺も出てしまう……出すよ。いいね？」

「はい……ください。お義父さまの精子が欲しい……あんっ、あんっ、あんっ……ぁあああ、イキます。イク、イク、イク……！」

祐美子がのけぞって、がくん、がくんと震え出した。

「そうら、イキなさい……ぁああ、おおお、俺も……俺も出す……うぁああああ！」

耕一が止めの一撃を叩き込んだとき、

「……イクぅうううううううううぅぅぅ……うはっ……！」

祐美子が森中に響きわたるような声をあげて、絶頂に駆けあがっていく。

ほぼ同時に、耕一も白濁液を体内に打ち放っていた。

4

翌春、山里の雪が溶けて、しばらくして桜が満開になった頃。

耕一は安奈とともに、春のシイタケの収穫を終えて、山から降りてきた。

すると、庭で祐美子が日向《ひなた》ぼっこをしていた。ふわっとしたワンピースを着て、日除け用のストローハットをかぶっている。

「おお、早かったな」

耕一が声をかけると、

「はい……早めに着いてしまいました」

祐美子が笑顔で答える。以前より、顔がふっくらとして、幸せそうに見えた。

耕一は二人を紹介する。

「紹介するよ。こちらが、シイタケ栽培を手伝ってもらっている永澤安奈さん。ユーチューバーでもあるんだ……それから、こちらは、息子の嫁の祐美子さん。話はしていたが、二人が逢うのは初めてだったな」

二人はお互いに「よろしくお願いします」と頭をさげる。

「お義父さまから教えてもらって、安奈さんのユーチューブ、いつも拝見させていただいております」

祐美子が丁寧に言って、

「ありがとうございます。お蔭様で、登録者数が伸びていて……それも、師匠のお蔭です」

安奈が耕一を見た。

「ふふっ……師匠として、よくお義父さまが動画に出てきますものね」

祐美子が笑顔で言う。

「そうなんです。師匠、すごく人気があるんですよ。やさしいし、逞しい。師匠こそ、森の男だって！」

安奈が嬉々として言った。

「俺のことは、いいよ。それより、安奈さんのお蔭でこの村の注目度があがってね。いい人に来てもらったって、みんな喜んでるよ」

「そんなぁ、師匠たら……」

安奈が馴れ馴れしく、耕一の腕をつかんだ。

「で、今日は靖之はいないんだな？」

「はい……真っ先にお知らせしなくちゃいけないことがあったので……直接伝えたかったので、来ちゃいました」

祐美子がはにかんだ。

「何？」

「じつは、わたし、妊娠しました」

祐美子がいきなり言ったので、びっくりした。

「妊娠したの？　確かか？」

「ええ……兆候は感じていたんですが、この前に病院に行ったら、『おめでとうございます。六週目です』と言われました」

「よかったじゃないですか！　おめでとうございます！　師匠、ついに孫ができるんですよ」

事情を何も知らない安奈が明るく言う。

「そ、そうだな。悪い。ちょっと祐美子さんと話をしたいから、今日はこれで終わりにしよう」

耕一が安奈に言うと、明るく答えた。

「わかりました。祐美子さんもゆっくりしていってください。じゃあ、師匠、明日は？」

「今夜、祐美子さんが泊まっていくから……明日は午後からにしよう」

「はい……今日もありがとうございました。まだちょっと早いですけど、祐美子さん、健康なお子さんを生んでくださいね。それじゃあ……」

安奈が自転車に大きな尻を載せて、すごいスピードで走り去っていった。

安奈がいなくなり、二人は縁側で日向ぼっこをした。

どうしても気になっていたことを訊いた。

「今、お腹にいる子は、その、俺の子か？」

「おそらく、そうだと思います。二月の半ばにここに来て、そのときにできたんだと思います」

「そうか……だけど、靖之が疑うんじゃないか？」

「大丈夫です。わたし、こうなることも予想していたので、一応、あの後で靖之さんとも……」

「さすがだな。だけど、それだと、どっちの子か、はっきりしないんじゃないか？」

「でも、この前言ったように、靖之さんは精子が少なくて、懐妊する可能性はきわめて低いと言われていますから……たぶん、お義父さまの子だと思います……靖之さんにも妊娠のことは告げました。そうしたら、すごく喜んでくれて……だから、疑ってはいないと思います」

「そうか……俺にもまだその力が残っていたんだな。ちょっと心音を聞かせてくれないか？」

耕一は前にしゃがんで、幾分ふくらんだお腹に耳を当てる。

「まだ聞こえないと思います。十何周目に入らないと……それに、まだほとんどお腹《なか》がふくらんでいないから」

「そうだな。そうか……ここに俺の子がいるのか」

耕一は腹部をワンピースの上から撫でた。


夜、二人は離れの露天風呂に入っていた。

岩風呂に体を沈めた耕一の隣には、祐美子がいて、肩にお湯をかけている。

竹製の目隠しの塀の向こうには、ほぼ満開に咲き誇るソメイヨシノの大木があって、薄いピンクの花をいたるところに咲かせている。そのピンクの群れから、風が吹くたびに、ちらちらと花びらが舞い落ちてくる。

その花びらの一枚が祐美子の肩について、耕一はそれを取ってやる。

「今更なんだけど……ありがとう。祐美子さんがいてくれたお蔭で、俺の人生は変わった。すごく充実しているよ」

桜の大木を見ながら言う。

「それは、わたしの台詞《せりふ》です。お義父さまがいらして、ほんとうによかった。お義父さまがいなければ、きっとわたし、離婚していたと思います。お腹に子供もいなかった。ほら、気のせいか、もうオッパイが張ってきたような……大きくなったような気がします。触ってみますか？」

導かれるままに、お湯から出た乳房に触れると、確かに心なしか、胸が張っていて、乳首が大きくなったような気がする。

「吸っていいかな？」

「ふふっ……赤ちゃんより先に、お義父さまが吸うんですね」

「そうだな……ここをまたいでくれ」

言うと、祐美子が向かい合う形でまたがってくる。

その前にたわわな乳房があって、しゃぶりついた。幾分大きくなった乳首を舐め転がし、吸うと、

「ぁああ、気持ちいい……お義父さま、気持ちいい……ぁあああああ」

祐美子がお湯のなかで腰を振って、尻を擦りつけてくる。

「ほら、たちまちこんなになった」

お湯のなかで屹立を握らせた。それは、ギンといきりたっている。

「入れたいけど、ダメだろうな？」

「そうですね。安定期に入るまでは……これで、我慢してください。お義父さま、そこにお座りになって」

言われたように、湯船の縁に腰をおろす。

と、祐美子がその前にしゃがんだ。お湯に半身を沈めて、少し屈んだ。

いきりたつものをぶんぶんと振って、それが力を漲らせてくると、静かに頬張ってきた。

後ろでシニヨンにまとめられた黒髪が揺れて、ふっくらとした唇が屹立をすべって、ぐんと快感が高まった。

前を見ると、薄いピンクの花をつけた桜の木が露天風呂に張り出すように枝を張っていて、満開の桜が風で散り、湯面に落ちる。お湯に幾枚かのピンクの花びらが浮かんでいている。

「ああ、最高だ。祐美子さん、生きてきて今がいちばん幸せだ」

思わず言うと、祐美子がいったん顔をあげ、耕一を見て、にっこりと笑った。それから、また顔を伏せる。ゆっくりとした顔の振りのピッチが徐々にあがっていく。

「ああ、最高だよ……」

耕一は、うねりあがる愉悦を嚙みしめながら、桜の花びらが舞い落ちてくるのを、眺めていた。


（了）

＊本作品はフィクションです。作品内の人名、地名、団体名等は実在のものとは関係ありません。

長編小説
嫁《よめ》と回春《かいしゅん》スローライフ
霧原一輝《きりはらかずき》

2021年9月1日　初版第一刷発行

ブックデザイン……………………… 橋元浩明(sowhat.Inc.)

発行人………………………………………後藤明信
発行所…………………………………株式会社竹書房
〒102-0075　東京都千代田区三番町8－1
三番町東急ビル6F
email：info@takeshobo.co.jp
http://www.takeshobo.co.jp
印刷・製本…………………………中央精版印刷株式会社